Ludwig Weibel
Ich Bin die Sonne deines Reifens
Als eine Brücke zu den Götterwelten
stehst du da

Books on Demand

Bibliographische Information der Deutschen Nationalbibliothek. Die Deutsche Nationalbibliothek verzeichnet diese Publikation in der deutschen Nationalbibliographie, detaillierte bibliographische Daten sind im Internet über http://dnb.dnb.de abrufbar.

© 2016 Autor: Ludwig Weibel
Herstellung und Verlag:
BoD – Books on Demand, Norderstedt
ISBN 9783741290046

Ludwig Weibel

Ich Bin die Sonne deines Reifens

Inhalt

Das Exquisite ist nicht fern	5
Weisheit von Äonen	23
Sonnendasein in den Sphären	37
Die Seele sieht den Himmel offen	51
Aurora hübsch und zögernd	65
Glück und Fülle	79
Die Menschheit im Erlösungsstrom	93
Gelassenheit sei dein Gespan	107
Ich bade mich in Deinen Wirklichkeiten	121
Die Güte Gottes in Person	135
Der Liebe zarte Bande	149
Der Duft beseligenden Friedens	163

Das Exquisite ist nicht fern

3602
Du erlauschest, Öhrchen, was ich dir zu sagen weiss
derweil du selber dir den Ton vergibst
dein Herz zur Freude zu bewegen

Vom Atem des erwachten Tags berührt
besinnt die Seele sich darauf - zu sein
und jeden Hauch herzinnig zu erleben

Das Exquisite ist nicht fern
wenn wir uns nur dazu erzieh'n
es schauend zu begreifen

3603
Im Tal der schönen Künste
glitzert jedes Ding dem Auge
sein beglückendes Geheimnis zu

Was berührt dich, schöne Seele
wenn die Liebesperle dir erglänzt
im Seelengrunde

Die Stille nährt
den Strom des Glücks in
deinem hingegebnen Herzen

3604
Die Worte wiegen sich im Rhythmus
wie die Schifflein auf der
sanft gewellten See

Gottes Blümchen lächeln in der Sonne
und empfangen selig
Licht und Ruh

Ihre Reinheit
hütet deinen Weg
mit hunderttausend Blüten

3605
Es strömt
die Lichtflut
lautlos in den Tag

Deine Seele:
ein gestillter See von
sanft gewordnen Träumen

Wohin Ich schaue
breitet sich
glückseliges Schweigen

3606
Ich säe Gottesweisheit
unter die suchenden Menschen

Gelobt sei, wer an *Meiner* Stimme Klang
Gefallen findet

Nur in der Herzensstille
wirst du Meiner Stimme Ruf vernehmen

Bist du zur Wirklichkeit erwacht
schwimmt dein Gemüt in hellen Freuden

Ich lehre dich die Kunst bewussten Sehns
derweil du lächelst
in der Wonne des Verweilens

Bar jeder Schwere triffst du Mich
im Flug der Freiheit die Ich meine

3607
Der Wind der Weisheit heilt dich
im Vorüberwehn

Ich gestatte dir ein Leben
sorgenlos von Tag zu Tage

Mein Wimpel weht im Licht der
Wahrheit sondergleichen

Was du dir zutraust ist
durchströmt von Meinem Trauen

Bedenke, dass Ich
deines Daseins Würde bin

Ins Sein erhoben, wirst du
vor den eignen Augen grandios

3608
Was immer dich bewegt Bin Ich es
dich zur Freude zu bewegen

Der Stom der Zeit versinkt im
hehren Augenblick den Ich durchlebe

Beweise was du willst
Ich weise dich zum Ziel

Vernunft ist nicht gefragt
wo Ich im Licht des Schauens weile

Was bist du eitel wo
Bescheidenheit Gewicht hat zweifellos

Ich sage dir was zählt
sooft du lauschest in der Stille
flüsterndem Begaben

3609
Blick auf, es locken dich
des Einklangs silberhelle Töne

In die Stille stürzend
brichst du auf zu Meinem Freudensaal

Der Vollendung Kreis Bin Ich
in deines Wirken Monolog

Allein Mir ziemt
erhabenes Gebaren

Nur wenn Ich rede
sind die Worte wahrhaft gross

So viel aus Mir hervorgeht
trägt der Vollendung Siegel

3610
Wenn du in Mir bist
kannst du deinen Kummer sparen

Ich weise der Verführung Macht
in seine Schranken

Ich versende dir die Liebe
die Ich im Herzen für dich fühle

3611
Wie die Sonne will ich dich
bescheinen, hell und klar

Erheitern will ich dich allwie des
Sommernachmittags herzinniges Erfahren

Du schreitest der Verzauberung
der Gegenwart entgegen

3612
Wie rühr ich dich bloss an
damit du wie das Kätzchen schnurrst
mit innigem Behagen

Der Funke springt ins Blut
fällt es wie Zunder an
im Nu steht es in Flammen

Und dennoch sollen wir die Liebe
in die Form der
Seelenfreundschaft giessen

3614
Stehst du im Leid, erstehen
Freuden aus der aufgerissnen Krume

Du reagierst wie eine Pflanze
auf *ein* Wort von mir und
grämst dich, wenn ich dir's verhehle

Im Schmelz der Liebe
wandelt sich die Härte
zum erlösenden Verstehn

Wie schön glänzt auf dem Antlitz
-nach der Düsternis-
der Morgenstern des Friedens

In welcher Leichte atmet doch
die Seele, wenn die Wärme sie umfängt
und Friedensharmonie

Bejahe was du fühlst und
fühle, wie Bejahung dich
emporträgt zu den Sternen

In dich gekehrt, gewahrst du
Werte, deren Zauber dich beglückt
im Zeitenwehn

3615
So wie du schön bist
ist der Tag erst schön

Dir flecht ich Blumen der
Glückseligkeit ins Haar

Schlussendlich *ist*
wovon wir träumen

3616
1ch bin dir täglich
Wagemut und Stab

Was du bedenkst
ist Meines Denkens
Unterfangen

Verzage nicht
wenn auch der Sturmwind
dich umtost

Ich lasse dich aus Meiner Hand
wie's Kückchen
flügge werden

Gehorcht du Meinem Rat
lass ich die Sterne
vor dir tanzen

Ich sende dir
im Wehn der Zeit
den Glücksstrahl des Erkennens

3617
Vor allem fach Ich deinen Zug
zur Geistwelt an

Nimm dankend was Ich dir
aus vollem Born gewähre

Beeil dich
Meinem Wort allein zu lauschen

Sieh, Meine Weise
ist so zart

Den Frieden lasse Ich
wie Nektar in dich fliessen

Befreiung ist, was Ich
dir väterlich vergebe

3618
Ich Bin bei dir
im Hochflug
wie in schauerlichen Tiefen

Gewaltiges steht dir bevor:
Mein Ziel ist es
dich zur Vergöttlichung zu führen

Ich Bin es der dich kennt
im Wunder des Gedeihens

Von Tag zu Tag sollst du
beständig Meinen Namen rufen

Was dich bedrängt
ist Meines Drängens
virulentes Ziel

3619
Für dich ist Mein Geflüster
Balsam in der Not

Ich will dich zur Glückseligkeit
verführen

So wie du willst
kann Ich mich dir vergeben

Ich hebe dich
ins Reich der Wirklichkeiten

Was Ich dir biete
ist unendlich gross

Erschauen sollst du Mich
im Glanz der Sterne

3620
Vor Meinen Augen ist
die zarte Liebe
grandios

Wenn du Mich liebst
ist alles wie im Schweben

Nicht ohne Grund liess Ich dich
diesen Schmerz erleben

Ich habe, was dich wandelt
für dich auserlesen

Sei ohne Furcht vor dem
was in dir tost

Ich enthebe dich
der Allgewalt der Tränen

3621
Ich hüll dich in den
Lichtstrahl des Belehrens

Nicht deiner Wange,
deiner Seele will Ich
unermesslich wohl

Du hast zu unterscheiden
zwischen Leidenschaft und Lieben

In aller Not
bewahr Ich dich
vor dem Verzagen

Trag Sorge zum Gebet
in deines Herzens Tiefen

Ich lehre dich, die Glut der Liebe
voller Anmut zu ertragen

3622
Der Traum vom schönen
Leben ist nicht wahr

Begreife doch, dass die Entsagung
Funken schlägt aus dem Gefüge

Ich halte dich zurück
vor schlechten Taten

Brich auf, noch hast du
Welten zu erringen

Bar jeder Furcht will Ich dich
vor Gespenstern sehn

Ich bereite deinen Füssen
Zuversicht für's Ziel

3623
Jedem Schritt in Meine Höhen
winkt unendlicher Gewinn

Hörst du den Ruf
dich an die Menschheit
zu vergeben

Der Plan ist gut, du
brauchst ihm nur zu folgen

Wie einen Samen hab Ich
dich ins Seelenfeld gesät
Blühst du, erblüht
Bewusstsein in den Sphären

Was Ich dir abverlange ist ein Tun
von höchstem Adel

3624
Dem Schweigen folgt das Wort
dem Hören das Verstehn
im stillen Seelengarten

Du bleibst nicht wo du bist
im Fluss der Stunden

Dein Schifflein fährt
vom Frühlingswind bewegt
ins Glück der Zeiten

Ein Wort der Liebe ist wie Balsam
in der Lebensnot

Pausenlos umschwirren dich Gedanken
an der Wiege neuer Wirklichkeiten

Deinem wahren Selbst gehorchen
ist dein schönster Sieg

3625
Vorbei die Zeit des Probens:
In Mir ist jede frische Tat
ein veritables Gottesziel

Das Wirkliche ist dir verborgen
solang du nicht in seines Wesens
Stille ruhst

Lass dich von der Helle dieser Welt
nicht blenden.
Ich Bin -alles überstrahlend- hinter ihr

Sowie du dich auf Mich besinnst
in deinen Tiefen, ist dein Sein
Mir nah

Mein Antlitz lächelt dir im
strahlenden Azur entgegen

Im Herzen Gottes
findest du
Holdseligkeit und Ruh

3626
Ich habe dich zu deinem
Heimatland gewiesen

In Mir bist du bewahrt
vor aller Welten Augen

Ich sag dir was es heisst
sich selbst zu finden

Du hast verstanden
wenn du Mich verstehst

Dir unbegreifbar
Bin Ich doch
so nah

Ich führ dich auf die Weide
Meines Unterweisens

3627
Was du von Mir erfährst
ist Wortgold, kaum zu zählen

Was Ich dir bedeute
spiegelt sich im Glanz der Sterne wieder

Bedenke, dass in Mir
die Wahrheit sich erschliesst

Meine Stimme ist
beseligendes Schweigen

Was Ich verspreche
bleibt für immer wahr

Allein in Meinem Sein
wirst du zur Glorie der Wirklichkeit genesen

3630
Ich lasse dich die Freude
des Erhabenseins geniessen

Gedanke reiht sich an Gedanke
und wird endlich wahr

Schmücke dein Hiersein mit Freude
und freudigem Tun

Noch sind die Lilien auf dem Feld dein Vorbild
in der Sorge
um dein Leben

3631
Hände, liebe gute Hände
bergen dich und sind dir Wohnstatt
im Gewirr der Tage

Vom Gotteslicht umflossen
atmest du in dieser Stunde Glück und Wohl
und erfährst die Wonnen der Beseligung

Du bist die Blüte wunderbar, o Seele,
im Geheimnis deines Da-Seins

3632
Ich Bin ganz
Gotteswille im Bewähren

Ich wirke im Bewussten wie im
Unbewussten Tag für Tag

3633
Du stehst im Lichte das
von innen dir erstrahlt

Mein Umfangen ist
unendlich glorios

Was in dir murmelt wie die lautre Quelle Bist auch wahr

Ich gewähre dir den
Schutz der Freundschaft und
der silberhellen Liebe

Womit Ich dich umfange
ist deiner Sehnsucht
sagenhaftes Ziel

Im Trost der trauten Weise
Bin Ich alleweil bei dir

Kein Jota Bin Ich abgewichen
vom Verströmen
tiefempfundner Sympathie

3634
Du wirst dein Joch nicht spüren
ob dem Leicht-Sinn den Ich dir damit vergebe

Mich gelüstet, dir voll Liebe
deine Torheit zu gestehn

Alles überwindest du
im Schwunge der Begeisterung am Leben

Ich Bin das Mass der Dinge
die im Weltenall geschehn

Geläutert ist, wer akkurat in Mir
den Weg der Läuterung gefunden

Mit Mir verbunden findest du
verständnisvoll dein Ziel

3635
Meine Freude ist die Summe
der Begeisterung die dich beseelt

Kein Ort, keine Zeit, nur
die Beglückung azurenen Schweigens

Du bist erwählt, in dir die
Weltenharmonie zu generieren

Ich lasse alle Dinge im
Geheimnis ihres Wesens ruhn

In Mir erkennst du voll Entzücken
welche Schönheit sich im
Weltenwerden offenbart

Ich lasse dich die Glorie
deines Seins gewahren

3636
Meine Weise ist an nichts gebunden
als ans Weben im durchlichteten Azur

Alles Strömende ist Meines Wesens
Innigkeit und Freudenziel

Ein Hauch ist schon zuviel
von Mir zu reden

Ich zeige dir wie alles sich
erhebt ins namenlose Schweigen

Noch immer bist du Mir der Klumpen Lehm
den Ich voll Zärtlichkeit belebe

In Mir reicht dein Begreifen
bis zum Sternenwohl

3637
Glückseliger, du hast den Nektar
Meines Wesenseins getrunken

Soviel des Glücks ist kaum zu fassen
wenn du im Herzen Mich bewegst

Was ist dein ganzes Walten
im Vergleich zu dem was Ich
dir in den Wesenstiefen Bin

Gerade du bist unauslöschlich
ins GedächtnisMeiner Güte
eingeschrieben

So lass dich denn vom Odem Meines
überragenden Gemüts durchströmen

Heil dem, der sich die Sonne Meiner Gegenwart
zur Meditation erkoren

3638
So reif du immer bist
Ich Bin die Sonne deines Reifens

Den Unmut deiner Seele brech Ich auf
und offenbare dir die Perlen
in der Schale deines Wesens

Mir hat das Abendrot ein
Sinngdicht ins Herz geschrieben

Was du zutiefst erkennst
erweist sich als das Schöne in
sich selbst im Leben

Was du vermissest wenn du wirkst
gewährt dir die Natur im
hingegebnen Weilen

Ich umfange euch voll Zartheit die ihr,
unbewusst, beliebt im
Pflanzenreich zu wohnen

3639
Soeben war ich dort wo
andere nicht sind und wenn sie
noch so eifrig hin und wider eilen

Die Lieblichkeit der Blumenwelt
bewahrt uns sachte vor dem Weinen

Willst du mit mir die Nacht im
Seidenglanz des Vollmondlichts erleben

Als eine Brücke zu den
Götterwelten steht der Weise da

Mir scheint, in seinem Haupt
sei Weistum von Äonen

Er wächst vor dir empor voll Würde
ohne dich zu kennen

Weisheit von Äonen

3640
An diesem Morgen ist das
Himmelsschauspiel
beispiellos

Ich Bin das Wunder dessen
dass du lebst

Gewahrst du dich
im Sein

Äonen ziehn an
deiner Wesenheit vorüber

Ich weiss dem Lauf der Sterne
zu gebieten

Im Herzen Gottes haben alle Dinge
einen wundervollen Namen

3641
Propheten gelten nichts
bevor die Lebenswogen dich erreichen

Im Dämmerlicht des Tages
ziehn dich die Sphärenklänge an

So spät erlangt das Leben
seine wirkliche Bedeutung

Über dich gebeugt
verström Ich Liebe und Verzeihen

Die Gelegenheit ist günstig
vom Leben mehr als das Gewöhnliche zu sehn

Ins Sein erhoben ist mein Schauen
unvergleichlich schön

3642
Die Liebe giesst den Strom der
Tränen ins Gebet

Dich selber sollst du ändern
dann verändert sich die Welt

Ich Bin dazu berufen
dich mit Hoheit zu versehn

3643
Ich begleite dich ins Werden
einer friedevollen Zeit

An Meiner Seite gehst du ohne Furcht
Gehörntem zu

Du bist dir endlich was du Bist
im Strahlenlicht der Gnade

Ich leite dich von Zion aus
und Bin dein Stab in allen deinen Nöten

Hör auf Mein Wort
den Frieden lässt es dich erschauen

Ich bewege Mich voll Anmut durch die Region der
Träume und beeile Mich den schönsten vor dir
auszubreiten

Von Mir allein ist dir -was du erlangen sollst-
gegeben

3644
Ich Bin dir nah - und fern
so wie du Mich erkennst in deinen Tiefen

Verwundere dich nicht ob deinen Wunden
sie sind des Kämpfers Siegesmal

Du kannst dein Leben ohne Mich erfüllen
doch vollenden - nie

Vergiss -im Augenblick- die Zeit
und gib dich ganz dem Ewigen dahin

Horch auf Mein Wort
und lerne - zu gehorchen

Gewaltiges bewirke Ich in Feinheit
durch die Weltenzeiten

Weil du Mich selber bist
kann Meine Liebe
nimmer von dir gehn

Wohin des Wegs?
Ist es ein Irrweg
bist du doppelt fehl gegangen

3645
Nichts schützt dich besser
als das Sehnen nach dem Sinn

Du rufst und horchst und hast im
Klang der Stimme Meine Antwort
schon erfahren

Bar jeder Würde bist du
wenn du Meine Schritte überhörst

Wohlan, es nähert sich die Fülle deiner Tage
dem gottseligen Erschliessen

Was willst du mehr
als dich dem Unerschöpflichen zu nahn

Der Bedeutung deines Denkens
folgt die Grösse deiner Tat

Sowie du Meines Mantels Saum berührst
bist du frei, die Freiheit geniessen

3646
Ich freue Mich, in dir ein Bild von
weisem Ebenmass zu schauen

Im Augenblick bist du geborgen
und vom Glanz des Ewigen umstrahlt

Ich Bin der Wille Gottes
sonnenklar

Geliebte Welt, du träumst vom Glück
und ahnst nicht, dass nur Ich es
an die Würdigen vergebe

3647
Nun hüpft dein Herz wie's Lämmlein in der Wiese
ob der Freude die es in sich spürt

Die zart gestimmte Seele bebt
vom Anspruch des gespannten Lebensbogens

Jede Stimme birgt geheimnisvoll
das Wesen dessen, der sie dir vergibt

Hast du das Liebesglück verspürt
jauchzt dein Herz - und deine Seele
wird zur Dichterin

Aus dir kannst du nichts wissen doch
alles aus Mir

Im Zeichen der Beständigkeit bewahr Ich dich in
Meines Herzens Hofe

Der Sommer ist schon da, wir müssen nur
zur Sonne uns erheben

3652
In Meiner Liebe
bist du wohlgeborgen
Tag für Tag

Helles Licht erstrahlt
in deiner Seele
wenn du liebend dich vergibst

Du schwingst im All der Liebe
in vollkommner Harmonie

3653
Liebe, Licht und Frieden
strömen durch dein Sein

Ich umhülle dich mit Sanftmut,
wie auf Rosenwölkchen gehst du hin

Lass dich von der
zartgewordnen Zeit zur
Glückseligkeit verführen

3654
Ich bin die Quelle
deiner Siegestaten

Mein Wille ist dir
Weg und Ziel

Du lebst von Tag zu Tag
in Meiner Liebe Garten

Ich Bin der Lenker deiner
fabelhaften Geistesflüge

Was wahr ist Bin Ich
in der Vielgestalt des Lebens

Ich erfülle deine Hoffnung
auf Geborgenheit und Ruh

3655
Du schwebst im Lichtraum
den Ich liebvoll um dich breite

Mein Berühren legt die
Gegenwart der Freude bloss

Ich hab dich aus dem Zeitlichen
ins Reich der ewigen Gegenwart geführt

Meine Gegenwart ist
silberhelles Schweigen

Im Tau der Tränen
schaust du Meine Vatergüte an

Du webst am Lichtgewand
glückseliger Zeiten

3656
Die Stille wie dein Herz
eine Wiege himmlischen Friedens

Deine Seele schwimmt in Freuden
ob der Hoffnung Mich zu schauen

Liebe lässt die Herzen höher schlagen
im Erwarten ihrer Stunden liebevoller Zahl

3658
Ich weiss um das Gefüge
der Gewalten

Zu wissen, dass Ich Bin, genügt
und überwindet alle Schranken

Ich liebe es
von Dem zu schweigen
was die Welt im Wesensgrund bewegt

Mir liegt wie nichts daran
die Welt im Strom der Harmonie
zu überschauen

Ich bereite dir ein Fest
aus Licht und Lauterkeit
im Leben

Reines Beglücken ist Mein Sein
im Unermesslichen

3659
Ich Bin der Inbegriff der Harmonie
die Ich dir liebevoll vergebe

Ich schenke dir die Freude
jener lichten Welt
in der Ich ständig weile

3660
Erheb dich, gürte dich mit Weisheit
und verwandle was du Bist
in liebevolles Strahlen

Sei rein wie eine, deren Trachten
nach Vollendung strebt; du wirst darin
Glückseligkeit erleben

Ahnst du wie glorios das Leben ist
bis in die kleinsten Dinglichkeiten
wenn du sie verstehst

Die Zärtlichkeit hat sich dein Sein
zum Weilen auserkoren

3661
Liebe lässt die Rosen
nie verblühn in deinem Herzen

Du schweigst und summst vor Wonne
währenddem ich zärtlich
deine Gegenwart berühr

Nichts hindert dich, beim Wesen
deines Sehnens still zu weilen durch den Tag
im zärtlichen Gebete

3665
Ich senke dir die Liebe
eines Gottes ins Herz

Wasser der Erlösung send Ich dir
in deine Qualen

Die Liebe ruht bei dir
du brauchst sie nur zu spüren

Was erhoffst du denn vom Leben
wenn nicht Seligkeit und Harmonie

Ich weise dir den Weg
zu lächelnden Holdseligkeiten

In der Herzensstille kann Ich dir
Geheimnis um Geheimnis
offenbaren

3666
Du beglückst Mich
wenn du beherzigst
was Ich dir besage

Von Kümmernissen frei
sollst du die Tage der Unendlichkeit
durchschreiten

Die Kraft des Glaubens ist der Seele
Tröstung und Erlaben

Bedenke, welche Herrlichkeiten
greifbar vor dir stehn

Ich will dir Herzensruhe und
Genügsamkeit vergeben

Die Tage der Verbannung sind gezählt
in deinem Los

3667
Wach auf, es ebnen sich die Wege
vor dem Morgenstrahl

Was klingt in dir
wenn Ich in Rhythmen rede?

So nah Ich immer bin es ist an dir
des Gottes Nähe zu gewahren

Lichtglanz will Ich deinem Haupt
verströmen

Ich sehe dich -versunken im Gebet-
im Heiligtume

Der Weisheit Gabe wird dich
zur Besinnung auf das Wesentliche führen

In die Zeit der Dürre
send ich dir den Keim der Frohmut
aus dem Morgenrot

Deine Wege sind
-o schau, geliebtes Herz-
die Meinen

Versiegen müssen deine Tränen
vor dem Lichtgold
aus dem Äthermeer

An Meiner Seite faltest du die Hände
zum erschütternden Gebet

Das Flehen deines Herzens hebt sich
wie die Morgendünste,
aus dem Lebenstal

Deine Seele trinkt vom Äthermeer
beseligendes Schweigen

3670
Reine Sehnsucht öffnet sich
dem purpurroten Gluten

Vom Tal entschwebt der Blick
in blaue Unermesslichkeiten

Vom Hier zum Dort darf
die Geläuterte entschweben

Aus Gottes Herz strömt dir
die Unermesslichkeit
des Lichts entgegen

3671
Erkennst du dich
in Meinem Sein?

Das Erhabene ist
Meines Wesens Würde

Ich Bin das Herz der Lichtflut
die Ich liebevoll ins All versende

In Meiner Klarheit
werden alle Dinge wahr

Ich ruhe in Mir selbst
in seligem Entsagen

Mein Atem füllt die Räume
namenlosen Schweigens

3672
Ich lasse Mich vom
Sternenstaub durchschweben

Weltinseln seh Ich zum Erstrahlen
reifen und - verglühn

Äonen ziehn an Meinem Schaun
im Augenblick vorüber

Ich Bin die Kraft der Lebensströme
die das All durchstossen

Ein jedes Wesen ist
mit Meinem Sein begabt

So *muss* es einst
Glückseligkeit versprühn

3673
Erhebe dich zum
Lichtglanz in den Sphären

In Meinem Sein
bist du dem Sternenkreis
verwandt

Ich gewähre dir die Ruhe
unermessnen Friedens

Ich lasse dich den Kelch
der Einheit mit Mir trinken

Zum Wesen der Vollendung
hab Ich dich geführt

Ich lehre dich die Kunst
erwartungsvollen Schweigens

3674
Durch Ätherräume lass Ich
deine Seele sinnend schweben

Du bist ins Zeichen
namenlosen Glücks geboren

Ich gewähre dir
-mit wachgewordnem Blick-
das Unermessliche zu schauen

Vor Mir sind deine Menschenhände
minikrim und - grandios

Lass deine Eitelkeiten wohlgelaunt
von dannen ziehn

Sonnendasein in den Sphären

3675
Weitoffen ist das Tor
zum Sonnendasein in den Sphären

Das Glück des Schaffens ist
mit keinem andern zu vergleichen

Gestaltend schreit Ich
aus Mir selbst hervor

Du findest selbst im Schneckenhaus
den Schwung von Sternspiralen

In Mir erlangen die Gestalten
was Ich schauend in ihr Sein gelegt

Wort um Wort aus Meinem Schöpfermunde
lass Ich in die Welten fahren

In Äonen formt sich was Mein Sinn
gedankenschwer erwogen

3676
Du Bist
so wie Ich Bin
All-Einheit im Erleben

Trau dich, in Mir
den Schöpferworten
Wirkkraft zu verleihen

Gerade du bist es
den Ich zu Meines Schaffens Hand
erhebe

Du bist die Wahrheit dessen
was Ich webe

Du schreitest ungetrennt
durch Meines Atems
strahlendes Beleben

Ich habe dich erweckt aus dem
was Ich in unermessner Fülle
in Mir trage

3677
Ich strahle Licht und
Liebe in die Welten

So sind die Dinge
wie Ich sie von innen seh

Von Mal zu Mal will Ich dich
höher in die Sphärenwelt erheben

3679
Derweil Ich ruhe
eilt die Zeit an Mir vorüber
im geschaffnen Bilderbuchgeschehn

3680
Sprich dich von dir selber los
und eile, Mir allein
die Ehre zu erweisen

In deinem Wahn erwägst du Dinge
deren Dürftigkeit Ich mit dem Lächeln
liebender Geduld beseh

Dein Eigensinn führt dich im Kreis herum
derweil Ich von dir einen Schritt
in Meine Höhn erwarte

Ich habe dich erwählt zum Gegenstand der
Träume, die ohn' Unterlass Mein schauendes
Gemüt durchgleiten

3687
Die Liebe eines Gottes
sollst du von Mir spüren

Masslos beglück Ich dich
in der Freiheit Meiner Züge

Bedenke, welche Seligkeit Ich dir
von Tag zu Freudentag verleihe

Ich weihe dich
-so wie du bist-
dem Himmel unsrer Liebe

Beseligt bist du
-Wohlgeborgene-
in Meiner Schwingen Flaum

An Meiner Seite
fühlst du dich
im Paradiese

3693
Deine Augen sind
Mein siebenfacher Trost

Vom selben Pfeil durchstossen
ist Mein Herz an deins gefügt

Ich bewahre dich in Meiner Freude
durch den Sonnentag

3694
In den Birkenzweigen
Auroras
hab ich dein Gesicht gesehn

Hier Bin Ich mit der Inbrunst
sehnendem Gefühl

Die Befreiung ist
dein Werk
in muterfüllten Tagen

3695
Soviel du willst
kannst du bei Mir im
Sternenparadies verweilen

Mein Herz erwidert was du fühlst
im Hochgesang der Stimmung
die uns eigen

Erkenne, dass du Bist
im Morgenglanz des Tages

3697
Dir aus dem Herzen spreche Ich
im Überströmen zärtlicher Gefühle

Rein wie die Sonne will ich Mich
an deine Innigkeit verstrahlen

Wach auf zum Licht und
bade dich im Zeichen
makellosen Sich-Vereinens

Erfahren was die Tugend von dir will
sollst du
im lauschenden Verweilen

Was hindert dich
dem Wohlklang
süsser Stille nachzuhängen

O weide dich an dem
was deinem Herzen an
Holdseligkeit erblüht

So nahe Bin Ich dir
im zärtlichen Umfangen

Ich berg dein Rosenköpfchen an
der Brust glückseligen Vereinens

Wovon du lebst
ist Meines Herzens
Heiterkeit und Strahlen

Schon wieder lächelst du
ob dem Erkennen lichtgeborner Schöne

Das Mass der Liebe ist der Strom
der Trautheit der sich dir eröffnet
im Vergeben

Lasst uns in Demut vor dem
Gott der Liebe unser
Dankgebet verrichten

3699
Der Tag begeistert Mich
im Werden makelloser Himmelsharmonie

Dem Eingriff folgt Gesunden auf dem Fuss im
genial geschaffnen Menschenwesen

Und immer sehnt die Seele sich nach
Harmonie und zartgestimmtem Frieden

3700
Die Milde dieses Herbsttags löst
dir Sorg um Sorge im Gemüte

Solang die Sonne strahlt ist
deines Lebens Ungemach
beinah vergessen

Wir finden immer Trost
im wundervollen Weben der Natur

Wo uns die Liebe leitet
tragen ihre Flügel uns
zur Sternenwelt empor

Aurora überzieht mit ihrem Rosenhauch
den morgenhellen Horizont

3702
Ich heb dich aus dem Tod
in Meine lichterfüllten Sphären

Das Wirkliche ist
Meiner Gegenwart Empfinden

Hoch über euch Bin Ich im
Reich der Seligkeiten

In Mir ist alles, was euch
unerreichbar scheinen musste,
wahr

3704
Ich trage einen Goldschatz
unter'm liebevollen Herzen

Gesegnet ist, wem Ich in Trautheit
Meine Kraft vergebe

Ich trage wunderbares Leben
im geweihten Schoss

Meine Freunde will Ich   /
in Gedanken und Gefühl
mit Zärtlichkeit umgeben

3705
Wie bald umfang Ich dich
mit liebevollen Armen

Mein Sinnen hat sich um den
Zauber deiner Gegenwart gelegt

In Mir ist Schöpferweisheit
liebevoll am Weben

Wie Bin Ich würdig
dass du Mich zur Mutter auserwählst

Ich will dich jetzt schon
durch Mein Vorbild in
der Tugend unterweisen

Das Geheimnis deines Werdens führt Mich,
sprachlos lauschend, durch die Lebenszeiten

3706
In Tränen will Ich
deine Makellosigkeit erflehn

Vom Baum der schönen Hoffnung
pflücke Ich Vertrauen Tag für Tag

Ich Bin dein Tor
zum Eintritt in das Leben

Du bist wie trautes Licht
in Meinem Erdenschoss

Ich liebe dich wie man die Sterne liebt
in milden Sommernächten

Es ist, dass Ich in dir
den Sinn der Welt liebkose

3707
Und wenn du dich bewegst
bewegst du Meine Seele
dir ein Jubellied zu singen

Wie arm Bin Ich
vor dem was du Mir gibst
im Wohlgefühl des Lauschens

Und so Bin Ich, als Gesegneter,
des Dankes voll für dein Erscheinen

In Meinem Fleisch ist nun das Leben
doppelt inkarniert

Ich lebe in der Hochgestimmtheit
des Erwartens

Dann darf ich dich mit liebevollen Händen
bergen und dir des Herzens Seligkeit verwehn

3708
Ich Bin dir Pfad und Stab
im rettenden Vereinen

Was Ich in dir wirke ist
Befreiung und Begreifen

Erfährst du Mich wirst du
den Sinn der Welt erfahren

Keine Wunde ist so gross, dass ihr
der Balsam Meiner Liebe
keine Heilung fände

Ich bereite dir ein Fest aus
Wohlgefühl und lauschendem Verweilen

Was du niemals kanntest will Ich dir
ins Stillesein verweben

3709
Bevor du warst, was Ich in
reinen Seligkeiten

Alle Rätsel sind gelöst in dem
was Ich dir sende

Die Flügel die Ich dir verleih
erheben dich in Meine Sphären

Ich Bin die Weltgestalt in
allem warmgefühlten Leben

Ich geb dir schauend das Geleit
zu deinem heimatlichen Ziel

Nun darfst du, zur Erhabenheit Gereifter,
selig in Mir weilen

3710
In dieser Stille ist die Welt erst
morgenschön

Verweile wo du Bist
dem Glanz der Sonne hingegeben

Ich helfe dir, ins Paradies der Hoffnung
einzutreten

Der Zustand der Erhabenheit
ist reine Gnade

3711
Ich Bin das reine Sein in
deinen unsagbaren Tiefen

Ich weiss genau, dass Ich
im Geisterlande wohne

3712
Was Ich dir sage hat den Wert
lebendigen Lebens

Ich Bin dir im Umfangen
reiner Liebe nah

3713
Was Ich dir Bin erfährst du nur
im tiefempfundnen Schweigen

Gewahre Mich und du gewahrst
den Freudenquell des Lebens

Für immer will Ich dich im Liebeslicht
zu Mir erheben

Den Traum von Glück und Milde
mach Ich wahr

Lass dich von Mir ins Ebenbild
der Himmelsherrlichkeit verweben

Ich bewahre was du Bist
im Odem reiner Gottesgüte

3714
Die Augen will Ich dir im Strom
der Wachheit baden

Zu deinem Heil geschieht
was Ich auf deine Schultern lade

In Mir bist du dem
ewigen Lobgesang anheimgegeben

Was du erreichst ist namenloses Freisein
im herzinnigen Erheben

Ich geleite dich zum Festmahl
des tiefinnigen Beschauens

Was Ich dir sage tropft wie Lichtglanz
in den morgenhellen Tag

Die Seele lauscht sich durch das Licht
zum Göttlichen empor

Was du brauchst ist Lebensgleichmut
und beglückendes Vertrauen

Dein Gemüt ist schwankend wie das
Hin und Her des Mäuschens im Gehege

Dein wahres Ich lässt sich von keinem
Weltgeschehn verbiegen

3716
Dein Weg ist klaren Strichs vor dich gezogen
du brauchst ihn nur gekonnt und
mutig zu begehn

Dein Engel ist dein Ich
gewaltig im Umschweben

Von hohen Geistern rings umwirkt
stehst du inmitten des Entscheidens

Wenn du nur willst kannst du dich
höhwärts wenden mit jeder Tat die nicht
dich meint im Vorwärtsstreben

Beflügeln will Ich dich mit Weisheit, schickes
Täubchen, bis du aufliegst in die
Göttersphären

Du lässest dich in deiner Welt nicht ruhn
bis dir das Sphärenlicht Beseligung bereitet

3718
Ich finde Ruhe
in des Lichtes silberhellem Schoss

Zum Friedensglück
Bin Ich erhoben

In dieser hehren Lichtschau
Bin Ich frei und bürdelos

Endlich darf Ich in
unendlicher Beseligung verweilen

Im Herzen Gottes ist die
Freude makellos

3719
Was soll Ich Rührung mimen, wo die
Sonnenklarheit Meinen Geist bewegt

Die Fahne Kühnheit weht an Meinem Hof
im Sonnenglanze

Von einer Woge Glücks getragen
wandl' Ich durch die Weltenzeiten

Das Sein erkennen ist die grösste
Gabe der allgütigen Natur

Geläutert geh Ich aus dem Schmerz hervor
im heldenhaften Siegen

Die Seele sieht den Himmel offen

3720
Aus der Kargheit Steinen will Ich
Freudenfunken schlagen

Die Quelle der Begeist'rung übersprudelt
glitzernd was Ich Bin

In sel'gen Kreisen pflückt Mein Sinn
Gereiftes auf dem Feld der Phantasie

Voll Dankens bring Ich Bünde goldner
Ähren zum geheiligten Altar

Der Gott des Freiseins jubelt freudetrunken
auf den Bergeshöhn

3721
Ich fülle deine Wohnstatt mit dem
Glanz des Liebessonnenstrahls

In der Freude Gottes darf Ich
siebenselig weilen

Weide wo die Macht der Liebe
dich ernährt

3722
In Meiner zarten Poesie wird
sichtbar was Ich fühle

Nun will Ich deiner Seele Sein
mit Liebeslicht erwärmen

Du bist der Treffpunkt
Meiner Phantasie

Voll Grazie verneig Ich Mich
vor deiner Schöne

Deinen Leib umfang Ich mit dem
Goldflaum reiner Zärtlichkeiten

3723
In des süssen Augenblicks Geschaukel
wiegst du dich selig her und hin

Wie das verschmitzte Möndlein lächelt dir
Mein Mund Holdseligkeit entgegen

Im Duft der dürren Gräser liegt die Würze
zauberhaften Ruhns

Derweil du Tränen lächelst
lächle Ich dir Wonne zu

Ich entfalte Mich zum Kreuz
das Meine Lippen zart auf
deinen Scheitel malen

Im Verzichten sprech ich leise
deine Reinheit an

3724
Ich Bin Mir selber lieb, indem Ich
dich begrüsse

In jedem Wesen lächle Ich Mir selbst
entgegen

Ich Bin die Wirklichkeit der Welt
mit der Ich Mich bekleide

Der ewig Wache Bin Ich
währenddem die Lebensdinge in Mir schlafen

Gelingt es Mir, in einem Wesen
Mein Ich Bin zu finden, Bin Ich in ihm
seinserhaben

Das beglückendste Empfinden ist
zu wissen, dass Ich Bin

3725
So seh Ich Mich in diesem Baum
als Geistgebilde strahlen

Die Stille lebt vom Hauch der Zeit
der sie durchweht

Das Arom der Weisheit lass Ich
durch die Welten fahren

Den Siegespreis erhält, wer sich
zu Mir emporgeschwungen

Ich gewähre dir am Saum der Weltenzeit
das hochgemute In-dir-Weilen

Im Schweigen kehr Ich in dir
heim ins Reich der Seligkeiten

3726
Im Glück der Stunde trag Ich
helle Freude zum Altar

Das Erwachen zu dir selbst ist deines
Lebens überragendes Erlangen

In wohlgesetztem Schreiten werde Ich
im Schoss der Menschheit abergross

Nicht müde werde Ich, den Weltenraum
mit Sonnenliebe zu durchstrahlen

Ich rate dir zutiefst, im Tempel der
Besonnenheit zu wohnen

In Meinem Strom gelingt dir spielend
was Ich meine

Du trägst die Krone der Glückseligkeit
auf deinem Haupt mit sieben Sternen

3727
Der Erwachte darf sich rühmen
mit dem Schöpfer eins zu sein

Seine Gleichnisse vollziehen sich
im liebevollen Schweigen

Nichts begehrt er als im
sel'gen Einssein
zu verweilen

Das inkarnierte Ewige macht sich
zur Liebessonne im Erstrahlen

Sich im Menschen zu erkennen
ist der Akt, mit dem Er seine
Schöpfung krönt

Sei nichts
damit das Göttliche
alles in dir sein kann

Das Herz der Gottheit ist
an deins gebunden in
beglückender Manier

3728
Aus dem Dunkel
steigt bewusst das Morgenlicht empor

Der Duft der Liebe hüllt dich ein
im wonnevollen Schweigen

3729
Ich Bin Es
lächelt Budda im
erhabenen Verweilen

Meine Gegenwart
bewirkt
dein In-der-Welt-Erscheinen

3730
Einmal wirst auch du
in der Freude der Seligen Gottes
beruhn

Rufe das Göttliche in deine
Ärmlichkeit hinein und lass es
strahlend in dir wohnen

Es bereitet dir ein Fest
aus dem du, trunken von Glück,
dich erhebst zum traulichen Danken

3731
Ich weihe dich dem Wohlklang
unsrer Liebe im herzinnigen Gebet

Dein Tagewerk hab Ich dem
Glanz des Morgensterns
verschrieben

Der Himmel segnet dich mit
Sphärenharmonie vor dem Erröten

3732
Die Liebe sinnt dem Klang der
Sanftmut nach, der sie behütet

Das seidenweiche Feuer der Verliebtheit
raunt dir süsse Zärtlichkeiten zu

Dein Herz ist mit dem
Glück der Sorgenlosigkeit beladen

3733
Über deinem Haupt lass Ich
den Morgenstern erscheinen

Ich vergebe dir der Liebe
reingefühltes Strahlen

Was uns verbindet ist
-wie des gespannten Regenbogens Hauch-
bezaubernd schön

3734
Wir lassen uns das Herz mit
Sonnenglanz durchweben

Zwei ganz der Welt Verlorene erheben sich
-hoch auf dem Berghaupt- zum herzinnigen Gebet

Die Seele sieht den Himmel offen
im beschaulichen Verweilen

3735
Es ist ein Traum von Glück
in den Ich täglich Mich erhebe

Von wieviel Sorgen Bin Ich frei
seit Ich den Tag mit Zuversicht beginne

Im Meer der Stille Bin Ich
Meines Herzens Seligkeit und Ruh

3736
Beim Vater der Gestirne
seh Ich Mich verweilen

Die Gesetze ihres Kreisens winden sich
aus Seinem Schoss

Beglückt entsinn Ich Mich
der Harmonie der Sphären

Die Gottheit waltet
losgelöst von Zeit und Zahlen

In Ihren Augen sind die Sterne
Diamantenkraft im Weltenschoss

Was Liebe ist brauch Ich
der Menschheit nicht zu sagen

3737
Sei ohne Furcht, derweil wir uns
durchs Lebenstal begleiten

Wobei Ich sinnend weile
steigt Mir heiss die Rührung hoch

Ich will dich bergen in der Wärme
liebenden Begreifens

3738
Ich führe dich ins Wunderbare
währenddem du lauschend vor Mir ruhst

Bezeichnet bist du
mit dem Leuchtstrahl liebender Verheissung

Ich erlöse dich zur Freude
wo dein Sehnen Mir entgegenweht

Bringst du das Opfer des Stilleseins
nähren dich Engel mit leuchtenden Gaben

Hast du das Seinsgefühl errungen hat dir
die Stunde der Wahrhaftigkeit geschlagen

Geschwisterliches Herz, wir dürfen, was wir sind
gemeinsam zum Altar der Gottheit tragen

Die geliebten Sterne strahlen deinen Augen
Götterglanz entgegen

Von Mal zu Mal wirst du dich freier
in der Sphärenwelt ergehn

Ich verheisse dir den Lichtglanz
sagenhafter Wirklichkeiten

Im Augenblick bist du im Reich
der Engel wahrhaft schön

Zur rechten Zeit wirst du dich selbst
erwecken zum beglückenden Begreifen

Dein wahres Ich entbindet dich
der Sorgen und bereitet dir das Fest
des seligen Im-Licht-Verweilens

3740
Du bist eingebettet
in die Harmonie der Geistessphären

Den Gesang der Sonne
dürfen wir zutiefst vernehmen

Im Sang der hellen Nächte
ist die Welt erst traut und schön

3742
Ich strahle Licht und Liebe
in die Lebenswelten

Verlass dich ganz auf dein
durchlichtetes Gefühl

Die Wunder die du schaust
sind in der Geistwelt Wirklichkeiten

3743
Im Schritt der Zeit besinnt das Herz sich
auf des Sehnens Ungenügen

Dem bring Ich Trost der brennt
und wärs das Lodern
der Verzweiflung

Vergiss dein Herzweh und betrink dich
am erstrahlenden Azur

3744
Der Himmel regnet Güte
über dein Geschick

Meine Engel sind zu
deinem Trost erschienen

Ich berge dich in
Meiner Schwingen Flaum

3745
Bist du in Gott
braucht deine Seele
nimmer zu verzagen
.
Meine Gegenwart umfängt dich
wie der Flaum von milden Sommernächten

Bevor du warst war Ich und zeugte dich
in Meiner Liebesnächte Strahlen

3747
Wie machst du, was Ich dir
verkünde, wahr?

Im Strahlenglanz der Liebe darfst du dich
fortan der Welt verströmen

Ich erkenne Mich in den verklärten Menschen
als die Gottheit wieder

Ein Bewusstsein schenk Ich dir
von Klarheit sondergleichen

Ich weihe dich zum Hirten einer
weit verstreuten Menschenschar

Ich lasse dich das Ebenmass
der Innenwelt erleben

Mein Sein ist seliges
Mich-in-der-Gegenwart-Erfahren

Ich seh dich wachsen
an der Selbstbewusstheit deiner Taten

3748
Ich Bin das Göttliche im
Alles-Überwinden

Ich rette dich ins Makellose
wenn du Mich in dir verehrst

Bedenke wie sich Meine Kräfte
lautlos um dich scharen

Den Purpurgürtel wirst du mit dem
Goldreif der Verheissung tauschen

3749
Bist du im Sein erwacht wird dir die Helligkeit
des Tags das Geisteslicht nicht mehr verscheuchen

Sei rein
und lägst du wohlverwahrt
in Meinen Armen

Im Strom der Gottesgüte, die dich rings umfängt, wirst
du den Reiz der langen Küsse leicht entbehren

Ich präge dir die Weichheit
Meiner Lippen ins Gemüt

3750
So bist du denn zutiefst gerührt
wenn Ich den Wohllaut Meiner Flügel um dich lege

Gewahrst du Mich im Sein
ist alles eitel Wonne und Verklärung

Wie Ich dir gut bin
überfliesst dein Herz von silberhellen Freuden

3752
Stehst du im Lichte
lass es dich durchströmen

Geborgen bist du in der Liebe dessen
der dich wie mit Adlerschwingenflaum umschwebt

In der Wüste einer seelenlosen Zeit
geleit Ich dich zu Meinen Freudenquellen

3760
An diesem Tag bedenk Ich
deinen Lebensweg mit Rosen

Aus frohem Herzen strahle ich dir
Gottesliebe zu

So wie du mich erkennst erkenne ich dich
im Geheimnis deines Wesens

Deine Träume wecken dich
zum neu erwachten Tag

Nimm Anteil an der Welt
mit der Ich dich so mütterlich umgebe

Gelassen steig Ich mit dir in die Wirrnis einer
seelenlosen Zeit

3761
Du bist berufen
mit mir in die Seelenwelt zu steigen

Ich empfange deine Liebe als ein Glück in
Meines Herzens Schoss

Bevor du aufbrichst
denk, dass Ich für immer bei dir weile

Ich verkörpere die Güte Gottes im Verströmen der
Gefühle die Ich für dich hege

Im Glanz der Sonne
wirst du deine Göttlichkeit erfahren

Nimm alle Hürden ohne Willkür
in des Tags Gescheh'n

Aurora hübsch und zögernd

3766
Du kannst nicht irren wenn du Mich zu suchen
dich erhebst

Die Freude liegt im Wesen jeder guten Tat

Im Erscheinen des Kindes vollendet sich
das Dreifaltige im Dasein der Menschen

In Meinem Herzen ist ein Weh
das will Ich an dir laben

Aurora, hübsch und zögernd, überschwebt den Horizont
und lässt dich von der Sonne grüssen

Die Äuglein weckt sie dir und lädt dich ein zum Fest,
das dir der Tag bringt in des Lebens
wonnevollem Reigen

3772
Deine vitalen Gelüste sind dazu bestimmt
dich selbst ad Absurbum zu führen

Kopf hoch mein Täubchen
sieh, welche Wunderwelt dein Herz beflügelt

Hau mit der Machete ins Gestrüpp
den Weg der Freiheit vor dich hin zu legen

Soviel du willst wird dir von Mir
an Hünenkraft gegeben

Die Gedanken knien vor deinem Willen
und erwarten, dass du sie zum Guten dirigierst

Wozu das Zögern, du gewinnst was du erstrebst
so beeile dich, dahinzustreben

3773
Du bist getauft mit den Wassern der Urkraft, o Seele,
die keines der Wesen zu hemmen vermag

Ein Blümchen blüht aus zäher Wurzel.
Wird es auch zertreten, blüht es einstens
umso schöner vor sich hin

Weh und Wonne die du fühlst sind unlöschbar
ins Herz der Gottheit eingeschrieben

Richte dich nach dem was dir das Herz vermittelt auf
den Lebenswegen

Wenn du lauschest sind die fernsten Dinge
plötzlich nah

Sowie du dich erkennst in deinem Wesen,
lösen sich die Rätselhaftigkeiten der Natur

3774
In den Rang der Götter
hab Ich dich erhoben

Ich gewähre dir den Blick in
Meine Wirklichkeiten

Rundum ist Frieden
wo Ich Meine Schwingen walten seh

Gelassenheit ist
was Ich ständig in Mir fühle

Das Gesetz Bin Ich
vor dem sich Welten beugen

Ich seh auf Anhieb
wie die Dinge wirklich sich verhalten

3775
Ich geheimnisse Titanenkräfte
ins Atom

Du bist der Mund
durch den Ich Meine Herrlichkeit verkünde

Was du im Menschenreich vollbringst sind
Meine Taten

In Wahrheit bist du stets geblendet von dem Flitter
den du um dich webst

Ich öffne dir zur
Glorie des Götterseins
die Pfade

In deinem Herzen sprech Ich
wie die Sonne
wahr

3776
Ich führe dich zum Goldquell reinen Glücks
dich köstlich zu erlaben

Siehst du das Strahlenlicht
vor dem die Lebensschatten
hurtig weichen

Trunken von Glück sind die Erhabenen
derweil sie in den Göttersphären sich vertun

Ich singe dir das Lied der Freude
in des Seins Erleben

Vom Glück des Friedens kündet
-voll Begeisterung- Mein Lied

Wie verwandelt Bin Ich auf des Freiseins
silberhellen Pfaden

3777
Gestatte, dass Ich dir vom Glück erzähle das Ich
strahlend vor Mir seh

In der Wonne reinen Seins Bin Ich
seit Ewigkeit geborgen

Die Freude liegt im Augenblick, den wir
im Wissen, dass wir *sind*, erleben

Beglückte sind wir
aus den Quellen unserer Gott-Natur

Im Atem reiner Freude wiegen sich die Stunden
wie die Wölkchen im Azur

Derweil Ich still Bin sehe Ich die Zeit
unendlich sanft an Mir vorübergleiten

3778
Ich strahle die Verheissung reinen Glücks in
deine Tale

Im Lichte das Ich dir versende werden
deine Tage traut und schön

Alle Sehnsucht wird verklärt
zu tiefgefühltem Geistesstrahlen

Ich leite dich von Zion aus
zu wundervollen Taten

Meine Weisheit ist erkennbar
in der Sphärenharmonie

Ich ruhe im Bewusstsein
friedevollen Schweigens

3779
Ich Bin der Souverän in
deines Lebens Gauen

Du bist in Mich gestülpt
ein Fremdling ohnegleichen

Ich gestatte dir, von
Meiner Gegenwart zu zehren

Bewahren will Ich dich wie
eine Perle die sich selbst verlor

Es ist Mein Werk, mit dir
den Tau der Ewigkeit zu teilen

Gerippe, fleischbehangenes, du machst dich
vor Mir lächerlich in deinem Rasen

3780
Im Stillsein bist du
Meiner Weihe zugetan

Ich verspotte dich
so wie du Mich verspottest
mit unseligen Vergnügen

Wenn du dich sträubst hab Ich
vergessen wo du warst

Der Weg des Sehnens
führt dich Meinen Höhen zu

Sowie du Mich erkennst bist du gerettet
vor dem Übermut der Schrägen

3781
Lebenslust ist Meines
Seins Gepräge

Ich verweile wo Ich dich
gelassen weilen seh

Mit dem Knüppel muss Ich manchen Esel
ins Dorado treiben

Leichtfüssig tret Ich dir ins Näpfchen
wenn du wähnst, Mich zu entbehren

Ich Bin weder streng noch figalant
du selber geisselst dich mit deinen Schrullen

Wenn du zur Demut neigst tritt
Meine Güte allsogleich hervor

3782
Mein Geleit ist sicher
wie des Monds gesichertes Umkreisen

Leiste dir die Tugend
Mich zu rufen in des Tages Witzigkeiten

Verbinde dich mit Dem der sich zu dir bekannte
eh du aus den Mutterbrüsten sogst

Gerade du bist Meines Innewohnens
klargesetztes Ziel

Verdirb dir nicht die Freude Mich zu kennen in des
Freiseins fabelhaftem Spiel

Bist du dem Lichte hold
vermag Ich deinen Trauerweg zu klären

3783
Im Schatten Meines Lichtes schleicht
ihr Unglückseligen dahin

Dem Geldmeer habt ihr euch verbündet
um Versunkenheit darin zu üben

Meine Worte sind kein Spass
sie durchstechen unvermittelt dein Gewinde

Der arme Raffer nimmt
sich selber auf den Arm

In Mir sollst du
den Friedensfürsten preisen

Ich Bin Mir selber
Zuversicht und Ziel

3784
Gereifte pflück Ich
gleich den Birnen vom Spalier

Du schwimmst in Trübsal allsolange wie
dich Meine Schwingen nicht erheben

Zur Weisheit taugst du wenn Ich dich
gelassen Lächeln seh

Lass dich fallen im Gemüt in
Meine Höhen

Was dich zu Mir treibt ist die
Schärfe des Geschicks im Raisonieren

Ich Bin der Horizont
an dem die Geister sich
ins Unten oder Oben scheiden

3785
Mein Ich entwindet dich dem Grauen vor dem
Nichts für alle Ewigkeiten

Mein Umfangen ist gewaltiger als
die Gewalt des Stürmens im Taifun

Willst du erlöst sein lös Ich dir
die Fesseln Zug um Zug

3786
Fontänen reinen Glücks seh Ich aus deinen
Zärtlichkeiten spriessen

Der Funke springt sogleich und wirft
Begeisterung ins Sinnenleben

Sie haben sich entdeckt und schleudern sich -wie
Feuervögel- Glühendes entgegen

Sie spüren Allgewalt im Blut und schmelzen
in Verzückungen dahin

Ins Leben tauchen sie und werfen sich
die Lüste ins Verbluten

Das Unversöhnliche wird eins im
Blutrausch des Vermählens

Geflügelt gehn die Trunkenen
aus der Verzauberung hervor

3789
Ich pflanze Freude in dein Herz
und lass sie zur Begeisterung erspriesssen

Die Lebenslust teil ich mit dir
in der intensen Fülle dieses Tages

Wohin ich schaue lächelt mir die Welt
Holdseligkeit entgegen

3790
Empfange du im Morgenstrahl
des Segens liebendes Durchdringen

Entfalte dich in zarter Reinheit Menschenkind
dem Himmel über dir ergeben

Die Gottheit führt dich
ins Mysterium der seelenvollen Liebe

Du bist das Cappriccio
Meiner glückseligen Tage

Lass uns zusammen in den
Lotosteich der Zärtlichkeit versinken

3798
Ich Bin dein Friede
wenn du dich zu Mir bewegst

Worauf Ich halte ist, dass du
dich selbst vergissest in der guten Tat

Verströme dich ins Weltall
so wie Ich Mich deinem Sein verströme

Bist du die Sonne deiner selbst, vermag
kein Unheil mehr sich dir zu nah'n

Aus Meinem Sein entsprungen
kehrst du wieder zu Mir heim

Du bist der Vielgeliebte
Meines Waltens

Ich erhebe dich zur Mir
im Wohllaut gnadenvoller Tage

3799
Ich schaue Mir selbst über die Schulter und
erkenne frohlockend Mein Ziel

Die Bedingungen des Friedens sind für alle gleich: ein
Netz aus Hoffnung, Stille, Innigkeit und
Reinheit des Gedankenspiels

Die Wucht der Geisteswinde ist gewaltig
wenn sie zum Angriff übergehn

3802
Dein Antlitz strahlt Mir wie die Sonne
Licht und Freudengarben zu

Was du so lang ersehntest ist nun
wahr geworden
im beglückenden Geschehn

Die Rosen sind erblüht und deine Träume von
Glückseligkeit bereiten dir ein
Freudenfest im Leben

3803
Ich sende Meines Seins
Gelassenheit in deine Tale

Ich Bin alles was du Bist
im Werden deiner Tage

Deine Freude Bin Ich
wenn du Mich in dir erkennst

Ich wirke die Wendung
zum fraglosen Glück

Von Meinem Strahl behütet Bist du, Seele,
im Erfahren deiner Zeit

Ich segne dich
die vor Mir hergeht
in der Tage Drangsal und Erlaben

Ich erfülle liebevoll und zärtlich
was du Bist im Bann der Erdentage

3807
Ich segne dich so wie die Sonne
dich segnet im taufrischen Tag

Lass mich dir -glückerfüllt-
lautere Liebe verströmen

In Reinheit lächelt dir der Tag
als eine neugeborne Blüte

3808
Wenn du Mir treu bleibst
schliess Ich dich in Meine Arme
wie der Vater den geliebten Sohn

Die Knospe der Verheissung
sende Ich in deine Tale

Was immer du erfährst ist in dir
Mein Erfahren

Was wir suchen, ist ein Licht
doch wir können es nicht finden
eh die Liebe durch uns spricht
im bewährten Überwinden

3809
Derweil du dich erhebst, geliebter Tag,
singt meine Seele Lieder
deine Majestät zu preisen

Ich führe dich durch Dämmerlicht und Nacht,
geliebte Seele, bis du dich selbst erweckst
zur Würde einer Königin

3810
Wo Ich Bin ist ständig
sonnenlichtes Morgenwehn

Mein Mantel ist gewirkt aus
Sonnenglanz und Freudgefühlen

Ich will dein Hiersein
mit Erhabenheit durchströmen

Im Reich der schönen Künste
sind wir uns am Trautsten nah

Die Lebensgleichung geht nur auf
im Reich der reinen Phantasie

Ich Bin der Pfiff in deinen Adern
wenn du Mich herzinniglich verstehst

3811
Ich gewähre dir das Glück
auf Meinem Schimmel heimzureiten

Von Mir geritzt, traust du dir
Wunderdinge zu

Ich Bin der Teil von deinem Wesen
dessen Hiersein reines Licht bedeutet

Von wem bist du durchdrungen
wenn nicht ganz und gar von Mir

Ich schaue wie von Sternen auf dich nieder
warm und wunderbar

Glück und Fülle

Die Beschauung ist das Tor
durch das du ins Erkennen gleitest

3812
Vom Thron der Weisheit fliesst Mein Wort
in deine schicksalhaftenTiefen

In dein Beschauen sende Ich
des Sinns erwartungsvollen Strahl

Ich Bin's der deinem Dürsten
Wogen von Glückseligkeit bereitet

Mein ist die Überwelt von der Ich lenkend
in die deine greife

Dein Wirken ist
an Mein's gebunden
unfehlbar

Ich bedenke dich mit Weisheit Glück und Fülle
durch die Weltenzeiten

Meines Wesens königliche
Hochgeburt bist du

3814
Ich find Mich wieder im geliebten Tal in dem
die Winde der Begeistrung um die Wette blasen

Ich Bin der Fürst
von keinem je geschlagen

3813
Den Liebreiz deines Lächelns
darf Ich trinken, Tag für Tag

Die Benedeiung deines Engels ist
Glückseligkeit und Frieden

Die Träume sind die Flügel
deiner Seele, dass sie aufschwebt
zum erstrahlenden Azur

3815
Das Jetzt ist Meine Formel
für das Zeitenmass

Ich weide dich im Sein
wie man die Lämmer weidet
auf den Auen

3816
Ich neige Mich in Ehrfurcht
vor der neuerwachten Menschenblüte

Der Engel Bin Ich
ihren Lauf mit Güte zu verbrämen

Empfange dankbar was der Himmel dir vergibt
an deines Herzens Hofe

Sei unbesorgt solang du Meiner Stimme
inne wirst
im offnen Herzen

Ich Bin der Schwung im Hochflug
trefflicher Gedanken

Die Perle Bin Ich
die du stets gesucht

3820
Die Hektik der Zeit erlischt
im Ebenmass der Ewigkeit

Es wohnt dem Seinsgefühl
die höchste Wonne inne
die das Menschenherz erreichen mag

3821
Wenn Ich dich küsse
küss ich das Hochheilige in dir

Unser Weltsein ist durchweht
von Christi Atem

Bin Ich beim Vater
ist Erlösung da

Die heile Welt ist in uns allen.
Sie zu erkennen ist
der Gottesliebe Ziel

Meine Sehnsucht ist
Mich selbst zu finden
in den Menschen sonder Zahl

In der Vielheit zu erwachen
ist der Einheit sehnlich Ziel
In der Einheit sich zu finden
ist den Vielen eingeprägt

Das Erschütternde ist
dass die Welteneinheit -unerkannt-
in jedem Menschenwesen wohnt

3823
Ich will, dass sich der Sinn entlade
ein Feuerwerk in deiner Brust
und dass er dich erhebt gerade
als hättest du ihn immer schon gewusst

3824
Der Gedanke sei dir freundlich, dass du dich
in einem Rosenfeld von Glück bewegst

Ich umhülle was du Bist
mit Freundlichkeit und Güte

Was immer dir im Tag begegnet
ist in Meinen Augen schön

3825
Es gibt nur *ein* Ziel nämlich:
Gott in dir zu finden.

Sowie Ich Ihn gefunden habe
sind alle Meine Ziele erreicht

Was immer Ich erstrebe
befördert Mich zum Ziel
im Heiligtum des Herzens

3826
Allein mit dir erlebe Ich die Wonnen
makelloser Frühlingstage

In deinem Herzen schau Ich Mir
die Lichterfülle der geliebten Sonne an

Im Weh ist das Vortreffliche des Lebens ausgelöscht
doch in der Freude strahlt es doppelt wieder

Wenn du Mir deine Hände leihst
verrichte Ich damit ein Werk
von wundervollem Adel

Nur, dass du dich zu Mir erhebst will Ich
und dass du in Mir selig wirst
inmitten der Verwilderung der Zeiten

Gelassen schaust du in die Runde
wenn Mein Flügel dich erhebt

3827
Ich spreche dir die Wonne wahren Seins
ins Herz, wenn du dich öffnest
Meine Liebesgaben zu empfangen

Der Sinn der Läuterung ist nur
dich reif zu machen für den Strom der Güte
den Ich dir versende

Fasse Mut im Angesicht
der sprossenden Natur

Das Heil liegt vor dir auf den Wegen
wenn du dich um seine Wirklichkeit bemühst

Das Wesenhafte Bin Ich
das in deinem Herzen schön ist
wie die Sonne im Azur

Wenn du dich hingibst
kann Ich deine Redlichkeit
in Meiner Liebesfülle bergen

3828
Verhalten klingt in deiner Seele
was die Himmel jubeln
in der Sphärenharmonie

Ich überschütte dich mit Freuden
wenn du nur den kleinen Finger einer
Herzensbitte zu Mir hebst

Im Wachsein für die Hintergründe der Natur
gewahrst du die Gesetze
denen alle sich zu beugen haben

Sowie du Mich erkennst hast du das Ebenmass
von Zeit und Ewigkeit gefunden

Die Glorie deiner Tage ist der Glanz
mit dem Ich deine Wesenheit durchfahre

So sehr du dir gefällst, geliebte Menschenblüte,
sollst du nichts anderes, als Meiner Hoheit
zu gefallen suchen

3829
Vom Lichtglanz wie geblendet
stehst du in der Fülle dessen
was Ich deinem Schauen Bin

Es bleibt kein Rest wo dich der Reichtum
Meiner Freuden überweht

Glaub mir, dass nur die Wahrheit
wirklich reden kann

Lass dich von Mir entzünden
dass du zum Leitstern wirst in
finstern Menschheitstagen

Deine Seele wird durch
Meine Offenbarung virtuos

Gerade du bist dazu auserwählt
Mein Banner durch die Lebenswelt zu tragen

3830
Im Angesicht der Ewigkeit gelob Ich
Deinem Ruf zu folgen
folgenschwer

Derweil du ruhst in tiefem Schweigen
reift in dir der Lebensbilder bunter Reigen
zum Bild der Welt
die dir herzinniglich zu eigen

3831
Ich taufe dich mit Licht
des neuerwachten Tages

Und überströme dich mit allem
was die Seele sich ersehnt

Deine Hoffnung will Ich
mit dem Bruderkuss der Göttlichkeit belohnen

Was du geduldig trägst ist eine Zierde im
Verzeichnis deiner Liebestaten

Und fallen dir vor Müdigkeit die Augenlider zu
Bin Ich bei dir, dich in den
Schlaf der Seligen zu führen

3832
Ich säe Weisheit
in dein stillgeword'nes Herz

Ich belausche deine Taten
ohne, dass du es gewahrst

Mein Erbe bist du
ohne noch den Schatz zu kennen

Bedenke, welche Herrlichkeit
Ich dir verhiess

Ich sehe klar den Gegensatz
von dir zu Meinen Mächtigkeiten

3833
Ein zierlich Reis bist du an Mir
an dem Ich Mein Gefallen finde

Es gibt die Gnade, wie Ich weiss,
das Wehen Gottes in den Tiefen

Der Allerbarmer wiegt dich
in sich selbst
in linden Seligkeiten

Ich leg die Grazie, mit der der Tag beginnt
zu deinen Füssen

Ich schlage Millionen Augen auf
das Morgenlicht zu grüssen

Im Feld der vielgeteilten Emsigkeit
verricht Ich Meine Taten

Der Schauplatz Erde
eine Winzigkeit
wenn Ich das Universum in Mir fühle

3834
Ich bewohne die Räume hinter dem Mond
im unzugänglichen Lichte

Der Inkarnierte Bin Ich
in der Millionenschaft der Menschen

Ich Bin der Herr in jedem
ob er wach sei, ob geblendet seine Augen

Schon wachsen euch
die Rosenkeime der Verklärung

Ihr seid Geliebte dessen der
das Weltenwerk mit seinem Herzblut
nährt

3835
Hier Bin Ich
getaucht in glückseliges
Schweigen

Glanz des Gottes darf Ich schauen
reine Gottheit
darf Ich sein

Ich verstrahle Lebenslicht
in hunderttausend Gnaden

All-einig Bin Ich
mit dem Sein
in allen Geistessphären

Dein Glück blitzt auf
im atemlosen
Schweigen

Mein ist der Wohllaut
unermessner Harmonie

3836
In Mir selber selig
Bin Ich
durch Äonen

Ich habe Mich in dir
ins Wohlgefühl des Seins getragen

Heilig, heilig, heilig
singt die Seele in der
Wonne reiner Sphärenharmonie

Hier leb Ich nur
von Seligkeit und
silberhellen Freuden

In ihrem Brautgemach sind
Sein und Werden zur
Glückseligkeit vermählt

Das Unerschaffene erfährt sich selbst
in Geistesglanz und
wonnevollem Weilen

3837
Ich habe Mich erkannt
im Frührot dieses Freudentages

Ich sprech dich frei
von der Materie Gewalten

Mit Meinem Licht bist du getauft
im Wunderwerk der Lebenszeiten

Am Tag der Läuterung
besiegle Ich dein Sein
mit Sonnenglanz und Himmelssegen

Du hast den Bann gebrochen
In Meinem Glanze sollst du
künftig fürbass gehn

Wo du endest
fange Ich in
voller Majestät zu wirken an

Ich bewahre allzeit was du Bist
im Dom wahrhaftigen Befriedens

3838
Ich Bin Mir selber
sagenhafte Harmonie im
Meer beseligender Ruh

Im Zustand der Beglückung
find Ich alle Weltendinge
wunderschön

Ein Tag des Glücks
wiegt auf ein ganzes Jahr
der Wirrsal im bewegten Leben

Ich lehre dich die Kunst
des seelenvollen Schweigens

In Meinem Königszelt bist du
dem Herzen aller Dinge nah

Ich habe dir die Herrlichkeit
der Gotteswelt erschlossen

So lass Ich dich in Mir
die Stunde der Glückseligkeit
erleben

3839
Ich bewahre deiner Stimme
Klang in Meinem Herzen
süsse Nachtigall

Dein Lächeln ist das Lächeln
ewiger Jugend
im glücksel'gen Tag

Es schweben die Engel der Liebe
von Blume zu Blume und öffnen
die Kelche dem strahlenden Licht

3842
Weiche nicht von dem Gedanken
dass du strahlend eine Seele bist
auf der Liebe Rosenspur

So wie du höhwärts schaust
kann Licht des Himmels in dich fliessen

Bedenke in des Lebens Fülle
welche Seligkeiten
dich umgeben

3843
Bin Ich dein Gott, so tauf ich dich
mit purer Güte, verseh mit Kräften dich
bis obenan

Die Kleinlichkeit will sich bedeutender machen indem
sie die Fehler der Grossen aufbauscht und dabei deren
Tugenden glatt übersieht

Meine Wege sind die deinen
wo du tapfer höhwärts gehst

Wach auf zu Mir, geliebte Seele
wenn Ich deinen Flaum berühr

Deine Tränen sind Mir tief ins Herz geflossen
als Ich nahe bei dir war

Du bist in deinen Sehnsuchtsschmerzen
wie die Trauerweide schön

Ich lehre dich die Reinheit des Gefühls
in jeglichem Gehaben

Die zartgefühlte Klarheit
lass Ich in dir auferstehn

Die Menschheit im Erlösungsstrom

3844
Ich geleite dich zum Freudenfeste
unfehlbar

Den Gottessohn auf Erden
lass Ich jetzt in dir erstehn

Ecce Homo
hier die Menschheit
im Erlösungsstrom

Ich erlebe die Lebendigkeit der Welt
in jedem Wesen

Des Gottessohnes Opfer
ist vollgültig in Mein Sein
geschrieben

Erfüllt von Liebe
lässt sich der Getreue reissen
in die Qual

Auferstehen
hilft Er dir
ins Seinsgefühl

3845
Ich habe Mich in dir gefunden
spricht der Gott
Ich habe dich in mir gefunden
spricht der Mensch
o Seligkeit

3848
Festival der Liebe
im Nachthorst
Freudenlohe
auf der Spitze der Zeit

3849
Mein Erleben ist der
Silberfluss des Schweigens

Meine Pläne sind die Pläne
des Allhöchsten im All-Hier

Was brauch Ich mehr
als Meine Götterherrlichkeit zu spüren

Ich darf im Garten Meines Himmelvaters
Freuden tanzen

Ich spreche Seinsgelassenheit und
Frieden in die Lebenswelten

Ich Bin das Freisein
vor verschloss'nem Tor

Von der Liebe Bin Ich ausgegangen
in der Liebe lass Ich Meine Welten ruhn

3851
Ich darf Mich als ein Gottgesandter durch den
wonnevollen Tag bewegen

In den Wiesen strahlen Blumen
schön wie Sterne in der Nacht Gewölbe

Ich suche Trost im Garten der Natur und finde
Mich in allen Fasern Meines Wesens wieder

3852'
Ich spreche Wahrheit
in die Menschenwelten

Ich eile, deinen Morgen mit dem
Lächeln der Holdseligkeit zu schmücken

Ich flechte dir den Traum vom
Liebesglück ins Haar

Du sollst den Tag voll Dankbarkeit
vollenden

Bewahre dir den Mut der Zuversicht
in deinem Streben

3853
Hier Bin Ich
in Mir selber rigoros

Den Berg der Lauterkeit
hab Ich bewusst erstiegen

Ich trete aus dem Zelt der
guten Gaben und verkünde
Wahrheit die Ich in Mir strahlen seh

Erkennt das Heil im Schoss
der Einheit die Ich meine

Mein Gesetz allein macht
wahrhaft ungebunden

Ich spreche Licht und Freude
in der Welten Saal

3854
Dort ist der Sieg
wo *Meine* Banner wehn

Der Getaufte Bin Ich
und der Täufer in Person

Meine Wohnstatt ist Mein Herz
in namenlosem Schweigen

Es ist, dass Ich im Wachgewordenen
Mich selber seh

Meine Wesenheit ist
Glanz und Strahlen

In Mir ist alles mit
unendlicher Glückseligkeit
verbunden

3855
Im Geisterlande ist
die Sonnenliebe ständig
für die Menschen da

Den Duft des Morgens atmend
steigt die Seele vom Olymp
zum Taggeschehn hernieder

In hehrerTrautheit
führen wir uns
durch den Freudentag

3856
Ich beweise dir, dass wundervolle
Harmonie herrscht in den Geistessphären

Ich gebe dir vom Quell der
absoluten Lauterkeit zu trinken

Ich stärke deine Seele
mit unendlichen Beseligungen
durch den Tag

3857
Das Wunder der Erlösung naht
so sicher wie der Morgendämmer
deine Welt vom Dunkel zu erlösen

Sei geduldig, liebe Seele,
unmerklich wandelt sich dein Wesen
bis du fähig bist, die Gottesoffenbarung in dir
zu erfahren

Alle Herzenstränen sind gestillt wenn du
dem Paradiese nah bist
im erschütternden Vereinen

3858
Der Zauber des Neubeginns
ebnet die Wege zum Glück

Sieh wie die Morgendüfte
dich umschweben

Du bist erwählt
die Glorie des Lichts zu trinken

Die Reinheit der Natur
macht dich im eignen Herzen froh

3859
Wir schreiten durch den
Seelengarten in den Maientag

Was sich aus dir erhebt
ist die Gestalt der Gottheit
sondergleichen

Im Hochland deiner Träume
sind alle Lebensdinge blendend wahr

3860
Glanz tritt auf die Bühne der Zeit
deine Seele in Reinheit zu baden

Du bist entzückt vom Wehn
des Gottesgeists in deinem Wesen

In den rosenen Strahl der Liebe gehüllt
verweilst du in seligem Schweigen

3861
Ausgehn, Seele, sollst du
eine neue Sprache, die des Schweigens,
zu erlernen

Was pochst du Mein Herz?
Es ist die lautre Liebe die dich
bettet in Geborgenheit und Frieden

Ein Engel beugt sich über dich, o Seele,
mit seiner Schwingen goldnem Vlies

3863
Die Verwundung ist geheilt
das Wunder auferstanden

In die Jahrtausende
verströme Ich die Tatkraft
Meines Wortverspielens

Ich führe dich zu Quellen
deren Frische nie versiegt

Wovon Ich träume ist
der Menschheit das Gesicht der
Menschlichkeit zurückugeben

Durch Äonen führe Ich dich
in Mein Seinserleben

Ich betone, dass Ich Bin der Heilstrom
deiner Seinsgeschichte

Du gehst durch Mich hindurch
und kannst es nicht erklären

3864
Zu Meinem Tagewerk führt dich
der lichte Sonnenstrahl

Es grüssen dich der Landschaft
sanft gewellte Züge

Der Duft gemähter Wiesen
weckt das Näschen
wie Musik das hingegeb'ne Ohr

Die Festlichkeit der Welt ist im Spazieren
in dein Menschenherz gezogen

Du bist nimmer einsam
wenn du Mich erkennst
im Zeitenwehn

Die Sterne hab Ich dir
zum Liebreiz auserkoren

Denn, was du nie bedacht
hab Ich seit Urzeit in dein
Götterherz geschrieben

3865
Die Gotteskindschaft
lass Ich dich erleben

Ich verschaffe dir das Glück
durch Meine Gegenwart zu schreiten

Von Sorgen unberührt darfst du bei Mir
im Augenblick verweilen

Da Nu ist Meines Seins
geliebtester Gespan verstreut
in allen Winden

3866
Komm an mein Herz
vom Weh der Nacht Erlöste
die Seligkeit des Liebeslichts zu spüren

Öffne, Lotosblüte
deinen Kelch
dem Lichtstrahl von den Höhn

Dein Lächeln, holde Unschuld,
strahlt Mich immerwährend an
im Traumgemach des Sehnens

3867
Gibst du dich Mir hin
erzieh Ich dich zum Gotterleuchteten
vor aller Augen

Die Einfalt ist Mein liebstes Kind
im Unterweisen

Wohin die Treue führt
hast du vor Meinem Angesicht
nun selbst erfahren

Ohne Zweifel ist die Stunde der
Erleuchtung deinem Herzen ein Juwel

Mein ist vollkommne
Leichtigkeit des Sagens

Präsenz: das Pfauenrad
im Strom der Weltenzeiten

Alles in allem
Mein Sein

3868
In der Gottesfreude
darf Ich leben

Beweise was du willst
Ich beweise Mich Mir selbst

3869
Die Sonne segnet uns
an lichtgebornen Tagen

Ich taufe dich mit
linder Sphärenharmonie

Den Strom der lautern Liebe
lass Ich in dich fahren

3870
Geliebtes Herz Ich Bin dir Trost
wenn dich der Welten Kleinlichkeiten plagen

Sieh doch, Mein Engel ist dir nah
um dich galant ins Freudenlicht zu führen

Deine Heilung liegt im
feinen Lächeln dieses Sonnentages

3871
Ich Bin die Zärtlichkeit
in deinem Langen

Du bist im Wehn der Welt
von Meinem Liebeslicht durchdrungen

3872
Ich gewahre Mich
im Universensein

Ich strebe in dir
nach des Seins Unendlichkeiten

Dein Eigenwille soll in Meinem
ganz zerfliessen

Sieh doch: vor Meinen Augen
sind die Weltendinge
doppelt schön

Durch's Geäst der Tage
siehst du Mich
im Sonnenglanze weilen

Jede Weise ist Gebärde
Meines Unterweisens

Meines Willens Ziel ist
dich im Liebesglück zu sehn

3879
Ich ruh in strahlender Beglückung
wenn Ich Mein Einheit mit dem Vater seh

Ich atme hier und
Bin zugleich in Raumesweiten

Vor Mir ausgebreitet liegt
der kühne Faltenwurf der Zukunftstage

Ich erschaue Mich
im Spiegel der Unendlichkeiten

3883
Ich Bin dir Trost und Labsal
auf dem Wege, holde Pilgerin

Zum Heiligtum der schönen Liebe
führt dein Weg
durch wunderliche Zeiten

Ich geb dir das Geleit vom Frührot
bis zur Sonnenneige Tag für Tag

Ich spreche Frieden in
dein wundes Herz
in zartgestimmten Tönen

3885
Meines Seins Gelassenheit
erfüllt das All in allen Sphären

Ich gewähre dir das Glück
dich in der reinen Seligkeit des Seins
zu wiegen

Das Wissen um dein
Gottsein schenkt dir
höchste Wonne im Erleben

Wo immer du Mich hinschickst
ist geradewegs Mein Ziel

Ich Bin der Eine in der Vielheit
dessen was Ich Bin

Der Vater Bin Ich des Geschehens
in der Sphärenharmonie

Meine Sprache ist
die Gegenwart ereignisvoller Taten

3886
Nun bring Ich Meine Stunden hin
in makellosem Schweigen

Vollendet Bin Ich in des
Eigenwesens Tiefen

Des Allbewusstseins Schwester
ist glückseliges In-Mir-Verweilen

Gottesliebe ist
dein eigentliches Ziel

Ich Bin Mir selbst genug
für Ewigkeiten

Es ist, dass Ich das Vorrecht
Meines Seins
in alle Winde trage

Ich ziehe das Geschöpfliche an Mich
so wie die Sonne Wasser zieht
mit ihrem unendlichen Strahlen

3888
Ich Bin gesandt
der Welt die Lebensfreude
zu verkünden

Die Sonne lässt den Himmelssegen
über deinen Scheitel fahren

Ich Bin erfüllt von
Seligkeit und wonnevollem Frieden

Gelassenheit sei dein Gespan

3889
Was stehst du der Erkenntnis
deiner selbst im Wege?
Lass die Weltendinge um dich
munter fürbass gehn

Gelassenheit sei dein Gespan im zarten
Höhwärts-Schreiten

Ich giesse Heiterkeiten in dein Herz
die sich zur Daseinslust entfalten

In Meinen Tiefen finde Ich
Unendlichkeit und makellosen Frieden

Im Gewahren was Ich Bin
Bin Ich erhaben über alles Welterscheinen

Ich Bin das Sein im
innigsten Genügen

Die Herabkunft zu Mir selbst Bin Ich
in deinem Wesen

Was Ich Mir Bin ist mehr als
alles Weltenwalten
in der Schwebe.

Ich Bin die Ganzheit im Atom
wie in der Wunderwelt der Sterne

3891
Ich sende dir die Hoffnung
auf ein neues Morgenrot

Meiner Gaben Vielzahl tröstet dich
in deinem sehnsuchtsvollen Langen

Unendlichkeiten sind in dir verborgen
die sich drängen in den Lebenstag

3892
Ich Bin der Gottesfriede
im herzinnigen Erfahren

Dein Liebeslicht Bin Ich
im Auferstehn

die Mutter der Glückseligkeit
in siberhellen Sphären

Ich sende dich so wie Ich will
in sagenhafte Wirklichkeiten

Die Gabe der Vollendung leg Ich dir
in den erwartungsvollen Schoss

Das Mahl der Liebe breit Ich vor dir aus
für blühende Unendlichkeiten

3893
Ich sende dir den Strahlengruss der Sonne
ins Gemüt

Die Lilie der Reinheit soll in dir erstrahlen

Vom Sein durchdrungen
bist du, Seele, makellos und morgenschön

3894
Das Mal der Liebe
seh ich in dir glühen

Erlabe dich am Lichtmeer, Seele,
in des Tages Auferstehn

Ich umhülle dich mit Zärtlichkeit
und wonnevollem Frieden

3895
Ich steig hernieder vom Olymp
um deinem Herzen hier
den Morgengruss zu bringen

Deine Seele schwimmt in Liebesfreuden
durch den Sonnentag

Die Geistessonne
leuchtet allzeit über deinen Wegen

3897
Ich führe dich zur Gottesstille
auf dem Herzaltar

Jede Zelle deines Wesens will Ich
mit Glückseligkeit durchfluten

Ich umfange dich, Mein Du, mit seliger
Geborgenheit im Glanz des Sonnentages

3898
In Wahrheit Bin Ich
allezeit im Paradies

Mein Bewusstsein reicht vom Hier
zur Unermesslichkeit des Sternendoms

Meine Freiheit ist die Freiheit
sonnenlichter Geistessphären

Wo Ich Bin beginnt Unendlichkeit
in Zeit und Räumen

Mein Sein ist ew'ge Heiterkeit
in Friedensreichen

Losgelöst Bin Ich
von allen Erdendingen in der Gottnatur

3899
Mir ist gegeben
immerwährende Glückseligkeit zu spüren

Von wo Ich ausging Bin Ich nun zurück
im Herzen Meiner selbst in Seligkeit und Frieden

Im Nirgendwo und Überall Bin Ich daheim
seit Ich Mich kenne in den Herzenstiefen

Leise schwingt die Melodie des Glücks
durch Mein Befinden

Vom Sein der Gottesgeister Bin Ich rings
umhüllt in allen Sphären

Seinsgeborgenheit ist Meine Wohnstatt
im Erleben reiner Seligkeiten

3902
Du bist im Seelengrund beglückt
wenn Ich dich sachte höhwärts führe

Der Tau der Liebe lässt die Rosen blühn
in unserem Garten

Wir wandeln fürbass, du und Ich und
wandeln selig zu den Sternen

3903
Dem Gedanken weiser Führung füg Ich den
des unbedingten Schutzes an

Du bist die Seele, deren Weichheit
wie gelöster Flaum in Meinen Händen ruht

Durch's Meer der Hoffnung bist du Mir gefolgt zum
Sonnentor unendlicher Beglückung

3904
Hier ist dem Aufstieg der Lieblichen
glitzernd die Krone der Weisheit beschert

Ihre Sehnsucht wandelt sich in des Erfülltseins
reines Glück, kaum zu ertragen

Sie ruht an seiner Seite, eine Lichtgestalt, in
unerschütterlichem Frieden

3905
Du bist schon dort wohin Ich deine Seele
-im Erkennen- führe

Ich habe dir das Liebeslicht entzündet
dir zu leuchten durch die Düsternis der Erdentage

Sieh doch im Leben deiner Zeiten
welches Glück in der Verheissung ew'ger
Paradieseswonnen liegt

3906
So wacht er in Nächten, der Liebsten zu eigen
so singt seine Seele das ewige Lied
-
Es blutet sein Herz, seine Lippen sind heiss und
sein Blut schreit nach ihr voll Verlangen

Seines Engels erhabene Schwinge versucht ihn
behutsam zu trösten

Er nimmt seinen Ruf in sich auf
und trägt ihn empor zu den Sternen

Ave, ave, die Benedeiung des Himmels
sei über ihnen

Geläutert sollen sie schreiten durch's Tor
in die Freude der Seligen

Zärtliche sollen sie sein in den Reichen
des Glücks die die Götter verwalten

3907
Sieh, wie die Tage der Hoffnung
zur Himmelsgabe sich runden

Glanz der Götter strahlt ins Herz
es zu entflammen

Spüre die Einheit mit allem was *ist*
in der Liebe zum Sein sondergleichen

3908
Mein Langen mischt sich mit dem deinen
und bringt sich dem Unendlichen als Liebesopfer dar

Der Gleichklang der Gefühle
schwingt sich zur Alleinigkeit hinan

Die Vermählung geschieht in der
Reinheit erhabener Tiefen

3909
Die Morgenstrahlen sind die
Boten Meiner Liebe im Azur

Ich erfülle deines Herzens Räume
mit Glückseligkeit und Frieden

Von Meinem Licht umhüllt
entschwebst du freien Fluges ins Elysium

3910
Ich Bin die Tapferkeit
im Menschenwerden deiner Zeit

Das Gesetz der Einheit birgt dich rettender in Mir
als jedes andre Bergen

Ich Bin dein Weg du brauchst ihn nur
in der Vertrauensfülle zu beschreiten

3911
Ich berge dich im Schoss der
Einheit die Ich meine

In Mir bist du dem Lächeln
reiner Friedefertigkeit anheimgegeben

Ich lasse dich die Unermesslichkeit
der Sternenwelt erleben

3912
In Meinem Glanz wird deine Gotteskindschaft
alles überleben

Brich auf, geliebte Seele, zu den Wundern
eines neuen Lebens

In bade dich im Lichte
strahlender Verheissung

3913
Empfange, wessen du bedarfst
aus Meiner Fülle im Azur

Im Umfangensein von Meinem Wesen
wirst du überird'sche Heiterkeit erfahren

Von deinem Mut betroffen lasse Ich dich
unter Siegespalmen ruhn

3914
In Meinem Glanze sollst du
Tage der Glückseligkeit erleben

Wohin Ich dich begleite
sind die Augenblicke wunderschön

Ich erhebe dich zum Himmel
Meines lichten Strahlens

3915
Mit dem ersten Sonnenstrahl
schiesst mir die Sehnsucht ins Gemüt

Weite dich Seele und trage
dein Langen zum lichten Azur

Du bist von Gottes Erbarmen durchdrungen
im All der Natur

Deine Reinheit zieht dich sanft
hinan in Meine Höhn

Die Flammen deiner Hoffnung
fach Ich huldreich an

In deiner Liebe ist
Unendlichkeit zu spüren

Sie führt dich engelleicht
zu Mir hinan

3916
Du bist vom Zauber Meiner
Gegenwart behütet

Der Urlaut Bin Ich
deiner Seelenhistorie

Den Segen Gottes lass ich
über deinen Scheitel fahren
3917

Eine Nacht wie tausend Nächte,
tausend Tage dieser Tag

Du Ursprung der Beglückung,
dass ich Dich gewahre

Im Schoss der Gottheit
sind wir uns ein Paar

In unseren Herzen klingt
das Hohelied der Liebe
durch den Freudentag

Ich habe Mich erkannt in
deinen Tiefen

3918
O du, mein erster Gedanke am Tage
du Blüte der Hoffnung im Wind

Einen Kuss für deine Lippen
eine Rose für dein Herz

Die Kreise des Sehnens vereinen sich
schwebend im Äther zum sanften Gebet

3919
Vollendet ist
mit was Ich dich begabe

Heitere Glückseligkeit
ist Mein Umfliessens Elegie

Komm, lass dich vom
Geflüster Meiner Gegenwart verklären

3920

O Tag der Freude, wenn du
Mich erkennst in deinen Tiefen

In die Sphärenharmonie bist du gebettet
unter Meinem Siegeszeichen

Mein Reich glänzt immerwährend
wie der helle Tag

Die Gottheit lauscht und belauscht
sich selbst im alltäglichen Tun

9222
Ich verwandle dir die Welt
in einen Liebesgarten

Die Heiterkeit des Lebens lass Ich dich im
Ebenmass der Zeit erfahren

Alles blüht und duftet was
aus unsrer Liebe strahlend sich erhebt

3923
Ich bewahre dich im Schutz der Einheit
durch die Erdentage

Deiner Hände Bitte will Ich
zu Mir selbst erheben

Ich erbitte Himmels Segen
für dich Tag für Tag

3924
Den Tag der Freude
will Ich mit dir teilen

Lass uns die Einheit aller Wesen
herzenstief erfahren

Die Wogen der Unendlichkeiten

führen uns zum Ziel

3925
Ich zeige dir die Schönheit
makellosen Höhwärts-Schreitens

Erlaube mir, dein Wesen mit
Gottseligkeiten zu verbrämen

Mach dich für Meine Welten
licht und schön

3926
Es hüpft dein Herz vor Freude
wenn die Sonne strahlend sich erhebt

In ihrem Glanz gebadet ist der
Menschenwelt erhabene Gebärde

Die Majestät des Himmels
ist in ihr erschlossen

3927
Dem Gottesglanze
sollst du unermüdlich folgen

Wie kommts, dass Ich Mein Haus
dem Göttlichen verschliesse?

Beständig klopf Ich
bei Mir selber an

Die Laute klingt, es heben dich
die Töne himmelan

Im Traumgemach der Welt
Bin Ich zum Licht genesen

Die Götterweisheit fliesst

geflissentlich in Mein Gehaben

Ins Sein erhoben darf Ich
in Mir selber ruhn

3928
Ich habe Mich in dir zur
Gottesgegenwart erhoben

1n allen Menschenbrüdern
Bin Ich Meines Seins Idol

Das Weltenweben ist die Blüte
Meiner Taten

Die Heiligung der Welt
ist in dein Herz geschrieben

Im Allbewusstsein winken
Freiheit, Licht und Seligkeiten

Dein Seinsgefühl Bin Ich
im Wehn der Ewigkeiten

Ins Wogenmeer des Glücks getaucht
Bin Ich in seligem Entgleiten

Ich bade mich in Deinen Wirklichkeiten

3929
Ich lasse dir die Universenwelt
im Freudenlicht erscheinen

Von dir zu Mir ist nur ein Winzenschritt
du kannst ihn im Verborgenen vollziehn

Dann gleitest du auf Ätherwellen
siegesfroh dahin

Ich Bin Mich selbst
in sämtlichem Umgeben

3930
Im Wirbel der Lebendigkeiten
Bin Ich deiner Seele nah

Lass dich vom Tagesglanz
nicht blenden

Ich bade dich
im Lichte Meiner Wirklichkeiten

3932
Erheb dich früh
den Tag in Freuden zu begehen

In Meinem Glanze ist geklärt
was immer dir geschieht

Ich schaue Gottesglanz
auf deinen Wegen

3935
Ich weise dir den Weg durch deines Daseins
schauerliche Tiefen

Der Gottesatem Bin Ich, der dich
königlich durchweht

Von Milde redend nennst du ständig
Meinen liebelichten Namen

3936
Dein Herz verströmt so lieben Klang
dass Ich darob in Sehnsucht nach dir brenne

Du bist der Sommer Mir im Blut
und die gesegnete Reife der Reben

Unsre Tage sind voll Anmut
im beglückenden Entgleiten

3937
Die Äuglein auf, was flüstert dir der Tag?
Es schlägt ein Herz voll Wärme deinem zu

Sind wir nicht mitten in ein Fest
von Liebesseligkeit hineingeboren,
in trunkne Freude ob der Schönheit der Natur

Was dir der Morgen bringt in zauberhaften Wogen
spendet -aus der Fülle des Verschenkens-
auch der Freudentag

3938
Dein Verhältnis? wie der Wind zur Apfelblüte
soll es sein. Deine Liebe? einem Rosenschimmer
zu vergleichen

Fasse Mut und eile deiner Braut
im Siegeszug voran, des Seins
Geheimnis zu ergründen

Im Tiefsten seid ihr eins
und alle Sehnsucht weint darnach,
euch wieder zu vereinen

3940
Ich sage dir: steh auf Mein Freund
ins Dasein fürstlichen Beglückens

Der Friede Gottes ist Mein Heimatland
in stillen Seelengründen

Hier fühl ich Mich
im Wehn der Ewigkeiten

Vollkommnes Glück
das ew'ge Jetzt zu erleben

Hier ist -im Hauch der Zeit-
Gottinnigkeit zu spüren

Der Gottesfriede atmet
in den Birkenzweigen

In Meinem Glanz, verehrte Seele,
sollst du in die Gottesliebe tauchen

3941
Merk auf: es mag der Tag
für deine Seele des Erwachens
Glorie bedeuten

Weide dich an dem, was dir
die Wiesenblümchen in die Augen tragen

Es mag das Klingen eines Glöckleins sein
das dich entzückt, aus einer Lämmerherde

3942
Ein stilles Auge ruht der See
zu Füssen der Giganten
weidend sich am himmlischen Azur

Sie schlendern selig vor sich
dem Zauber der Natur dahingegeben

Wie liebe ich's im friedevollen
Pflanzenreich zu weilen

3943
Sowie der Rosenschimmer sich erhob
beglückte sie der Tag mit seinen Wundergaben

Sie haben sich das Leuchten ihres Angesichts
zum Pfand gegeben

Verborgen ist der Welt
was in den Träumen sich die Seele
zur Beglückung auserwählt

3944
Wie wahr sind doch die Herzensdinge
im Erfühlen

Ich spreche durch den Menschenmund
Geheimnis um Geheimnis
in die Erdensphären

Wie die Quelle in den Felsenteich
giesst sich die Weisheit in der Seele hingegebnes
Weilen

3945
Ich erzähle dir zuallererst
vom Glück das Mir geschieht

Ich küsse Meinen Lebenspfad
beseligt bis zum Weinen

Ich Bin, wo Flügelrauschen sich
in Sphärenklänge webt

3946
Wenn das Verhaftetsein ins Irdische
sich lockert, welche Freudenei geschieht dir da

Ich sehe Mich in Raumesweiten -schwerelos-
allüberall zugegen

Ich bette dich ins Sein
von Gottes Gnaden

3947
Ich Bin Mir selber heilig
im Bewusstsein der Gottinnigkeit

Ich beschaue Mich im Menschenspiegel
voller Sehnsucht nach Mir selbst

Alles ist gut, die Gottesfelder sind bestellt.
Das Ziel blüht auf, ein Ende ist gesetzt
dem Weh in deinem Herzen

3948
Es strahlt dir aus der Sonne die
Liebe reiner Göttlichkeit entgegen

Die Erdnatur zerschmilzt in ihrem Glanz
zum reinen Selbsterleben

Empfange freudig was dich stählt.
Sie lächelt dir Holdseligkeiten zu

3949
Die Gunst der Stunde bettet dich
ins innige Begreifen

Du bist wie ein Juwel
ins Weltenspiel geboren

In reiner Stille blüht der weisse Lotus
auf dem Spiegel deiner Seele

9350
Ich will dich mit der reinen Güte des
erstrahlenden Azurs umfangen

Die Liebenswürdigkeit der Welt
versieht dich mit des Lächelns lichter Schöne

Siehst du die Engel dich begleiten auf
der vielbewegten Lebensbahn

3951
Aus ihren Rosenschalen lässt Aurora dich
den Tau der Liebe trinken

In tiefem Schweigen öffnet sich der Horizont
dem azurblauen Sonnentag

Deine Seele lässt sich von des Himmels Gaben
wonnevoll durchstrahlen

3952
Ich gebe Mich Mir selber zum Geschenk
indem Ich dich in Meine Himmel hebe

Bewahrst du Gleichmut wirst du Mich
in deinem Innesein gewahren

Spürst du die Zärtlichkeit mit der die Sphärenwelt
im Herzen dich durchwebt

3953
Du schwingst dich in der Stille auf
zum Fest der Einheit das Ich dir entbiete

Lausche, lausche Meinem Minnesang
im heitern Blumenparadies

Sprech Ich, so sprech Ich
deinem Herzen Wunderbares zu

Der Wahrheit Welle gleitet sanft dahin
in stillem Unterweisen

Ich zeige dir den Weg von Steg zu Steg
geliebter Freund,
lässt du dich führen

Ich habe deines Herzens Statt
zum Liebestempel auserkoren

Blick himmelan, es wenden sich die Lebensdinge
mit der Wendung deiner Augen

3954
Ich bedenke dich mit Licht des neuen Tages
im erstrahlenden Azur

Du bist der Majestät des Sonnenblicks
anheimgegeben

In Meinem Kosmos walten Harmonie und
Frieden ohnegleichen

3956
Ich gereiche dir zum Seelenheil
im morgenlichen Liebesströmen

Deiner Bitte hab ich Herz und
Sinn geliehen

Ich umhülle dich voll Sanftmut
mit der Grazie der Ewigkeiten

3957
Nun will Ich dich mit Schleiern der Holdseligkeit
umfloren

Erfährst du, wie die Himmelsströme
liebevoll dein Herz durchwehn

Wie könntest du die Gründe
Meiner Zärtlichkeit begreifen

3958
Den Zaun zu deinem Freisein
weite Ich ins Grenzenlose

Du wirst in dir die Sonnensterne
kreisen sehn

Es offenbart sich dir das Sein
im makellosen Schauen

3959
Wie wahr sind doch die Herzensdinge
im Erfühlen

Deine Liebe lässt die Blumen der
Vertrautheit in Mir keimen

Den Strahl der Vatergüte lass Ich
über deinen Scheitel fahren

Ich habe dir die Wohnstatt reinen Glücks
im Reich der Seligen bereitet

3960
Wovon du träumst ist in das
Weltenherz geschrieben

Ich sende dir der Liebe
goldgewirkten Strahl

3962
Bist du im Aufruhr, sehnen sich die Engel
dich mit Sanftmut zu versehn

Du schaust dich selbst im Gotteslicht
wenn deine Seelenaugen offen sind

Wie die Meeresflut siehst du die Tage kommen und
vergehn, dich zu verklären

3964
Im Licht der Liebe werden alle
Herzensdinge wunderschön

An der Freude
zweier Sehnsuchtsseelen
freut sich die Natur

Dem Hochflug der Gedanken
folgt die Ruh, holdseligen Gefühls

3965
Ich Bin allüberall und
nirgendwo zu finden

Im Blitz entfalte Ich *ein* Gran
der Kraft die Ich verschleudre aus
dem Köcher der Natur

Nach dem Donner zieh Ich Mich ins
würdevolle Schweigen

Der Gottesgegenwart gewiss versinkst du
vor dir selbst ins Bodenlose

Ich treffe dich im Hort
bedingungslosen Schweigens

Dort ruhst du in Gelassenheit'
und makellosem Frieden   -

3966
Herzensanemone
die Sonne ist da

An deinem Liebreiz
weidet sich der Freudensinn

Dein Lächeln hat sich
Meinem Augen-Blick vermählt

3969
Geh in den Tag wie eine
die zum Siegen sich erhob

Ich gürte dich mit Zuversicht
die dich wie Harfenspiel bewegt

Lass uns in Räume der Holdseligkeit
entschweben

3969
Die Schwingen deiner Seele
haben sich ins Kosmische vertan

Ich habe deine blosse Menschlichkeit
ins Grab gelegt

Ich Bin das Licht von Myriaden Sonnen in der
Unermesslichkeit der Galaxien

Die Weise der Glückseligkeit ist
in dein Herz gelegt
aus Meinen Seligkeiten

Was Ich in dir erfahre ist
des Herzens liebendes Begreifen

3971
Begreifst du, dass wir Söhne Gottes sind
im Ringeltanz der Sterne

In deinem Hiersein ist zugleich
die Herrlichkeit der Gotteswelt verborgen

Worauf Ich ziele ist, dich ins Bewusstsein
deiner selbst zu heben

3972
In Meiner Gegenwart weht dir der Wohllaut
reinen Glücks entgegen

Ich umsorge dich mit Meinem Sein voll Zartheit durch
die Erdentage

Du bist am Quell der lautern Liebe
wenn du Mich berührst

3973
Erwache in die Wirklichkeit
der Weltenharmonie

Du nahst dich im hoffenden Schreiten
dem Bewusstsein Elysiens

Ich will den Tag des Glücks
im Hochland des Beschauens mit dir teilen

3974
Mein Schmerz ist, dass Ich Mich in dir noch
in der Lebensdinge Wirrsal finde

Vor dir offen ist der Friedensweg
du musst ihn nur beschreiten

Noch in der tiefsten Finsternis sind deines Engels
Schwingen machtvoll über dich gebreitet

3975
Alle Herrlichkeit des Himmels
ist in dir verborgen

Das Bewusstsein der Allgegenwart
ist das Geschenk der Götter
an den Heldenmut der Seele

Im Zauber der Begegnung blüht das Glück
das uns die Köstlichkeit des Lebens offenbart

3976
Was singst du, Mein Herz, was klingst du
für liebelockende Töne?

War es der Frühling, von dem du träumtest
die Sommersonne im Zenit, ein süsser Herbsttag
der in den Adern sich verlor?

Rundum die Freude, der Strahlenblick
aus lachenden Augen und Gefühle
beseligt im Lauschen

Die Güte Gottes in Person

3977
Den Wohllaut reiner Liebe sollst du
von mir spüren

Den Spross der Gotteskindschaft
seh Ich in dir keimen

3978
Durch deinen Mund sprech Ich Befriedung
in die Wirrnisse der Zeit

Liebesströme lass Ich durch dein Wesen
in die Menschheit fliessen

Ich hab dich zum Vermittler in die Geistwelt
auserkoren

Was kümmert dich das Weltentosen
Ich sehe dich im Herzensfrieden
auferstehn

Das Liebeswehn der Sonne darfst du spüren
derweil das Herz zur Freude sich erhebt

Dein Schauen führt dich zur Glückseligkeit
die Ich im Weltensein bewahre

3979
Wo immer du Mich findest
bist du schon im Paradies

Ich seh in dir die Güte Gottes
in Person

Viele Augen folgen dir derweil du
wandelst in den Weltensphären

Ich stärke dich in deinem Tun sowie du Mich
gewähren lässt im Geisteswirken

Das Unermessne ist in dich gegossen
wie du's im Beschauen siehst

Du bist dir selbst genug
auf deinen wohlgesetzten Bahnen

3980
Deine Weisheit ist prophetisch wenn du sie
im inneren Gehör erlauschest

Wo die Träume sind ist deiner Seele Freisein
im beglückenden Erleben

In deinem Frohsinn wirst du Mich
zutiefst begreifen

3981
Du bist die Welt in der Ich Mich
im Menschensein erfahre

Verstehst du was Ich meine, wenn Ich die
Geisteseinheit vor Mir seh?

In Mir bist du dem Ungemach der
Weltenzeit enthoben

3982
Zwei Vöglein schnäbelten sich
ihre Liebe zu

An des Aars Gefieder trank das Köpfchen
Seligkeit im stillen Weilen-

So reihen sich Gefühle hin
zur Glorie des Erlebens

3983
Das ist die Art in der sich Gott
verschenkt im Strom der Seligkeiten

Spürst du wie schön sich dir die Welt
erschliesst in Sphärenreichen

Ein Quentchen Liebe, eine Silberader im Gemüt
was alles öffnet doch der Reiz der Unverhofftheit
in der Seele

3984
Vollkommen gleichgestimmt stehn wir
den Erdenmächten gegenüber, wenn wir wissenn, dass
wir überird'sche Wesen sind

3985
Ich lege dir den Blütenzweig ins Haar
der rosenlichten Liebe

Mit lächelnder Holdseligkeit
fach Ich deine Herzensfreude an

Das Glück der traumgebornen Nächte hüllt uns
freudestrahlend ein

3986
Einen Siebenkranz von Sternen
flecht ich dir ins Haar

Umhüllt vom Rosenschimmer uns'rer Liebe
sind wir hochbeglückt ein Paar

Empfange Sanftmut und Beglückung aus dem
Herzen dessen der dich zärtlich liebt

3987
Ich liebe alle Wesen
im durchseelten Weltensein

Im Wehn der Zärtlichkeit
hab Ich das Liebesglück empfangen

Ich weide Mich
am tiefempfundenen Verstehn

3988
Wir feiern deine Geistgeburt
im Seelenwerden

Erhebe dich zu Uns
und unserm Segen

Wir führen dich durch's Dasein so wie wir die Sterne
durch den Raum geleiten

3989
Ich schaffe Reinheit
in den Lebenszügen

In der Sonnenbruderschaft erfährst du
den Planetenreigen

Im Kosmos Meiner selbst seh Ich
Atome sich zur Galaxie entfalten

3990
Wie rührend ist die Stimme deines Herzens
wenn sie Mich berührt

Dem Klang der Liebe lausch Ich
seiner Schönheit hingegeben

Was die Seelen sich versenden strömt wie mildes
Sommerabendleuchten durch's empfängliche Gemüt

3991
In deinem Sonnensein erschliesst sich dir der Wandel
der Planeten

So wie die Sonne sich verstahlt, verstrahlst du Liebe
in die Menschensphären

Die reine Freude ist erblüht
im hingegeb'nen Weilen

Du spürst den Frieden der Gelassenheit
in deinen selbstverlornen Tiefen

Ich verkünde Einheit aller Wesen in den Welten
mit des Gottes Strahl

Allumfassend ist die Liebe die dich hütet
in der Dinge Myriadenzahl

Deine Mitte ist die Mitte Gottes
im Erfahren

3992
Enthebe dich der Last der Tage
im Bewusstsein deiner Wirklichkeiten

Wenn dich die Fährnisse umtosen
schweig und sende ihnen Liebeskraft entgegen

Den Angriffskräften ist von Mir verwehrt
dich zu ergreifen

3993
Was das Sein betrifft hab Ich dir
Meine Fülle mitgegeben

Wo dein Bewusstsein ist da bist du selbst
in allen Sphären

Als ein König setzest du dich
auf des Lebens benedeiten Thron

Was denkbar ist
ist in Gedankenreichen schon geschehn

Und greifst du nach den Sternen sind sie
deiner Würde untertan

Dem Blick der Welt verborgen
reifst du zur Allherrlichkeit hinan

An deinem Edelmut entzünden sich
die Menschenscharen

3994
Der Weise schweigt indem er sich der Weisheit
anvertraut in seinem Garten

Ich ernenne dich zum Boten reinen Glücks
in deinen Freudentagen

In deines Lächelns Schöne wird
Mein Bildnis offenbar

3995
Ich Bin die Geistessonne
im Erstrahlen

Die Heilkraft Bin Ich
Welten zu vollenden

Das Verborgenste ist
Meinem Lichte offenbar

Mein Mantel ist
mit Sternglanz übersät

Das Lächeln Meiner Güte
dein Gespan

Ich Bin dir näher als du selbst dir nah bist
im konkreten Welterscheinen

Mit auserlesner Sanftmut
sprech Ich deine Selbstheit an

3996
Wir begegnen uns im Raum
der Einheit die Ich meine

Dein Gesicht ist
wie das Rosenlächeln morgenschön

Unser Steg ist eines Regenbogens
mystisches Gebet

3997
Ich hab Mich in Mir selber zum
Erwachen auserwählt

Das ew'ge Jetzt erleben
ist der Siegeszüge feinster
im erhabnen Menschengötterspiel

3999
Bewegten Herzens grüss Ich
diesen Tag, als Tag der Freude im Bewähren

Im Zeichen der Beglückung schreiten wir dem
Köstlichen entgegen das wir mit Liebesaugen sehn

Wie bist du stürmisch, Mein Herz, vor Verlangen und
Milde zugleich im Verströmen
unendlicher Zärtlichkeit

4001
Gott hat viele Gesichter
eines bist du

4002
Ich habe Mich im Paradies verloren

Sind deine Wege rein
so wisse, dass sie zu Mir führen

Ich belehr dich wie der Vater seinen Sohn belehrt
im Fach der Tugend

Schicksalslos bedeutet:
Ohne Ursprung selig in sich selbst

In Meiner Weise liegt der Stein der Steine
den die Weisen schon gefunden haben

Triumph der Freude wo Ich Bin
für Ewigkeiten

4003
Ich Bin das Mass der Dinge die sich
in den Welten zeigen

In Meiner Wirklichkeit sollst du den
Zauber einer neuen Welt erleben

Sowie du aufwachst
wachsen deiner Seele Flügel

Ich Bin im Freisein
Meines Seins Gebieter, überall

Im Makrokosmos ist der Erdenball
der Grösse eines Staubkorns zu vergleichen

Im Gott-Sein lässt sich Mikrokosmisches und
Makrokosmisches vertauschen

4004
Unwürdig bin Ich Deiner Gnade, Herr
und bleibe doch auf Deinem Weg

Ich spreche aus den Traum
vom grossen Schweigen

So gross Ich Bin
du bist Mein Grösseres im Kleinen

Ich atme in Mir selbst
in deinem Wesen

Ich Bin der Friede
im Verzeichnis deiner Taten

4005
Ich pflanze Gottversunkenheit
in deine Seele

Zu erkennen, dass Ich Bin
ist das Freudenvollste
das Ich Mir im Sein gewähre

Wie sollte nicht das Gotterkennen
tiefste Dankbarkeit erzeugen

4006
Du bist die Wohnstatt reiner Liebe
wenn du schenkend dich vergibst

Den Glanz der Strahlensonne
will Ich mit dir teilen

Wir sind in Gott vereint
zu unermesslichem Bewähren

4007
Das Schicksal meint es gut mit dir
beglückend deine Lebenstage

Bist du rein und edel
wird über deinem Sein die Himmelsbläue der
Holdseligkeit erscheinen

4010
Ich taufe dich mit Gnadenfülle
aus dem Wesen dessen der Ich Bin

Ich Bin in dir die Gottesgegenwart und
erfülle diesen Tempel mit vollendeter Gesundheit
Kraft und Harmonie

4011
Der Majestät des Himmels Bin Ich
eine seelenvolle Zier

In diesem Tempel
hab Ich Meine Herrlichkeit gefunden

Der Same wird zur Frucht
im Zug des Schreitens das Ich meine

Mit Götterdonnerstimme
ruf Ich dich zur Umkehr an

Im Murmeln dieses Bächleins
bitt Ich deine Seele sich Mir anzufügen

Du schwimmst wie auf dem Rücken eines Schwans
durch Meine Unerforschlichkeiten

Ich koste Freuden bis genug in Meines Hierseins
Schwebe

4012
Dem Vater aller Dinge
Bin Ich ganz zu eigen

Ich lächle Meiner Inkarnation
den Herzensfrieden zu

Das ist Meine Speise
dass Ich im Gottesgeist geborgen bin

4014
Ich Bin das Herz
im Strom des Weltgedeihens

Die Zärtlichkeit Bin Ich
mit der Ich deines Wesens Gegenwart berühr

Ich Bin der Glanz der Liebenswürdigkeit
in deiner Augen wonnevollem Spiel

4015
Das Bewusstsein des Erwachten ist erhaben
über Tadel, Lob und Weh

4016
Ich fahre, eine Sonne, aus
der Weltenfinsternis empor

Weide dich am Wesen der Natur
mit ihren Wundergaben

Komm in den Rosengarten reiner Liebe
seine Früchte zu geniessen

Ich weih dir das Arom der Güte
das der Himmel liebevoll verströmt

4018
Ich halte dir des Lebens
Meisterdinge zu

Wohin des Wegs?
Es gibt nur Meinen

Hab Ich von Glück gesprochen?
Fass es an

Nur, dass Bewusstsein dich
ins Paradies erhebe

Des Seins Erleben
ist das höchste Glücksgefühl

4019
Ich finde Mich in
wundervoller Einheit wieder

Ich seh die Wasser reiner Liebe -losgelöst-
dem Weltenwort entfliessen

Im Zelt der Seligen verweilen darf Ich
tiefbeglückt vom Sein das Ich empfangen habe

4020
Im Wunder des Begegnens sind die Heilen sich
der Inbegriff der friederfüllten Ruh

In deinem Strahlenblick seh Ich
den Glanz der Sterne sich entfalten

Im schwerelosen Schweben zweier Seelen
findet reines Glück sein wonnevolles Ziel

Der Liebe zarte Bande

4021
Erwarme, Herz, an dem was dir die Güte sendet
von des Himmels lichterfülltem Saal

Noch ruhn der Liebe zarte Bande ungelöst in
deinen kuriosen Tiefen

Entsinne dich der Zartheit die dich in den
Liebesträumen wunderbar beseelt

4022
Ich erbitte Ruhe in des Herzens
vielbewegten Tiefen

Mein Tun ist eines gottgeweihten Meisters
Absicht und Verlangen

Gesegnet sei
die Stunde der Erlösung von
dem Weltenwahn

Ich Bin die Melodie mit der Ich Mich
zum Freudenlicht erhebe

4023
Voll Sanftmut send Ich deiner wachen Seele
Linderung und Ruh

Der Strahl der Gottesliebe hüllt dich
in den Wohllaut reiner Güte

Deine Leiden haben dich gestählt und lassen dich in
friedevollem Edelmut erblühn

4025
Ich spreche dich erwartungsvoll in
deinen Seelentiefen an

Die Summe Bin Ich aller Lösungen in
deinem Seinserfahren

Ich umhülle dich mit der Beschützung
sonnengoldnem Vlies

Spürst du wie sehr Ich dir der
Herzensfreude Wohl verströme

Die Friedenssonne lass Ich in dir
auferstehn

Ich Bin der Engel des Verstehns
in deinen Nöten

4026
Ich bewahre die Fülle mitten im Elend und
fülle dein Schauen mit Glück

Vom Odem reiner Liebe
seh Ich dich umfangen

Deinen Schmerz zu lindern
rühr Ich dich mit namenloser Zartheit an

4027
Ich sehe Ströme makellosen Lichtes
deinen Scheitel überfahren

Ich Bin beglückt vom Glanz der Tapferkeit
auf deinen edlen Zügen

4028
Im Rosenlicht des Morgens
Bin Ich deiner tiefbedrückten Seele nah

Ich geleite dich zum Fest der Freude
am Genesen

Des Lächelns Schöne seh Ich hingehaucht
auf deine Züge

4029
In deiner stillen Welt bist du
von guten Geistern rings umgeben

Die Kerzenflamme spendet deinem Schweigen
Seligkeit und Ruh

4030
Ich Bin von Gottesweisheit hingeführt
zu lichterfüllten Sphären

Die Seele wandelt sich
wenn auch in tausend Schmerzen

Im Zeichen der Geduld erschliesst sich dir
das Wunder der Erlösung

In der Vollendung
krönen sieben Sterne deines Hauptes Schöne

Ein guter Engel führt dich
in den Rosengarten deines Flehns

4031
Ich habe, was dich fördert
in dein Herz geschrieben

Vom Hauch der Liebe angerührt
vollbringst du Meistertaten

Ich hülle dein Erscheinen
in Geborgenheit und Frieden

A capella
klingt ein wundersamer Sang durch Meine Seele

4032
Nach *Meinem* Mass gesetzt
sind die Akzente deines Lebens

Im Schweigen deines Eigensinns
bist du dem Ursprung herzlich nah

An deines Wanderns Ziel wird dich der Nektar der
Vollendung überfliessen

Du sammelst Siegeskraft
im resoluten Schweigen

4033
Im Erkennen Meiner Mitte
Bin Ich heil

4034
Ich schaue dich im Strahlenkranz
der mystischen Verklärung

Ein Hauch von Wehmut nennt dich
wenn Ich lausche, in den Höhn

Ich enthebe dich der Bitternis
indem Ich dich mit Sonnengold belebe

4035
Ich ströme dir die Kraft des Himmels zu
an deinem Schicksalslager

Die Hände breit Ich schützend über dich
geheimnisvolle Blüte

O du, wie möcht Ich dich im
Seelenfrieden weilen sehn

4036
Ich Bin die Gottbewusstheit
im Erstrahlen

Am Thron der Weisheit
folg Ich der Belehrung Gottes, atemlos

Der Beglückten Wohnstatt
hat sich Meinem Schauen offenbart

Ich habe Mich zum Frieden der
Gottinnigkeit erhoben

4037
Ich belausche Mich
im wonnevollen Lauschen

Im Reich der Mitte fallen dir
die reifen Früchte willig zu

Ich schaue Meines Seins Geheimnis
ohne Grenzen

Meinem eignen Wesen Bin Ich
in den tiefsten Tiefen nah

Ich Bin die Wahrheit
im Erkennen dessen, was Ich Bin

Der Geist im Geiste Bin Ich
der sein Sein gewahrt

Alle Werte fallen vor dem einen
der sich in sich selbst bewahrt

4038
Ich beglücke dich mit der Verheissung
strahlendem Beginn

Du bist befreit in dem
was Ich dir zur Befreiung sage

Im Zeichen der Beglückung weih Ich dir Mein Sein
in unermessnen Tiefen

Ich begegne dir wie einer der erlöst ist
von des Erdenseins Gebahren

Mein Lächeln hat dein Seelensein der Freudigkeit
anheimgegeben

Ich umfange dich mit Wärme
einer neuen, seelenvollen Zeit

4039
Ich lasse Worte wie Kristall
in deine dargereichte Seele fliessen

Du bist dem Sein verpflichtet wie dem Wandel
es zu finden

Der Schmerz bringt dein Empfinden
dem Geheimnis nah

Es lächelt dir die Isis
hinter Schleiern Seligkeiten zu

Kannst du ermessen, welche Spanne in dir liegt
von Unerfülltheit bis zur Fülle der Gottseligkeit
in deinem Dich-Ertragen

Die Binde der Begrenztheit fällt von deinen Augen
wenn du den Sinn zum wahren Selbst erhebst

Die Einheit Gottes schliesst dich in den Kreis der
Seligen sowie du ihn gewahrst

4040
Ich spreche die Empfindung reinen Freudgefühls
in deine Tiefen

Mein Umfangen ist geprägt vom Wunsch
dich ins Elysium zu führen

Befreiend wirkt was wir uns Mal zu Mal
in Lauterkeit vergeben

Bedenke, welche Seligkeiten noch
in unsern Gründen zur Erweckung ruhn

Wie erhaben sind doch die Gebärden
unseres Liebens, wenn sie dem Verstehn entfliessen

In der Vertrautheit *einer* Stunde blüht uns soviel Glück
dass wir darob genährt sind für Äonen

Wohin Ich schaue, liegt Entzücken vor den
hingegeb'nen Sinnen

4041
Zum Licht gewandt wird deine Seele Sicherheit und
Heilung trinken

Ich will dir das Arom der Reinheit
makellos, verströmen

4042
Meine Liebe steht vor deiner Tür
und weint

Ich seh die deine
sich in namenlosem Kummer quälen

Komm doch zuir ins Land der Liebe
hier ist es warm und schön

4043
Ich spreche Frieden
in dein wundes Herz

Du bist zur Zärtlichkeit
geboren

In deinem Wesen liegen Freuden, wundervolle
tief verborgen

4044
Deine Gründe sind die Gründe
eines liebevollen Herzens

In deiner Phantasie lebst du im Reich der Märchen
selig vor dich hin

Ich habe deiner Lebenskraft die
Fülle des Gefühls hinzugegeben

4045
Ich beglücke dich
mit Meinen Wundergaben

Indem du dich besinnst auf deine Tiefen
springst du aus den Fesseln frei hervor

Ich weiss, wir können uns in liebevollen Höhen des
Begreifens finden

Ins Licht der Traulichkeit
will ich dich Stuf um Stufe führen

Das Mass der Liebe ist das Mass der Freude
in des Herzens Eigenart

Du rührst mit deinem Lächeln
wundervolle Seelenwelten an

4046
Die Liebe flüstert dir den
Himmelstraum ins Ohr

Am Rand der Zeit muss deine Seele in die
Ewigkeit entgleitenn

4047
Ich liebe dich gesund
von deinen Schmerzen

Ich seh dich aufblühn wie die Königin der Nacht
in unserm Liebesgarten

Das Mass der Zärtlichkeit kennt keine Grenzen
wenn Ich dir nah bin im glückseligen Vereinen

4048
Gott sucht in Mir
sich selber zu ergründen

Ich hab dich an den Punkt geführt wo du entsagen
solltest, wenn du Mich verstehst

4049
Von allem Zierart mach dich frei und
lächle dem ins Herz, der vor dir offen ist in
sehnlichem Erwarten

Wie einem Vöglein hüpft Mein Herz
von *einem* Wort der Freude, das du nennst
aus deinem sinnenden Gefühl

Den Frieden deiner Seele wünsch ich ohne Unterlass,
im fortgesetzten Sehnen

4050
So nah wie jetzt Bin Ich dir
nie gewesen, wenn du es erfühlst

Ich flüstre deinem Herzen Wonnen
sagenhafter Schöne zu

Deine Trauer schmücke Ich mit
liebevollem Sehnen

4051
Dem Gottbewusstsein folgt die Freude auf dem Fuss
im Seelengarten

Im Frieden der Verheissung schenk Ich
deiner Pilgerschaft die vielersehnte Ruh

In lichter Wahrheit
lass Ich deine Seele köstlich sich erlaben

4053
Ich nähre dich mit Herzblut wenn du schlummerst
dir Erquickung zu bereiten

Die Engel singen leis ein Liebeslied
derweil wir im Verborg'nen
makellose Schönheit zeugen

4054
Vollkommen einig ist Mein Herz
mit deinem

Es geleiten dich die Ströme Meiner Liebe
durch den Freudentag

Sieh die Gedanken Meiner Sehnsucht
dich umkreisen, wie die Schwalben
den erstrahlenden Azur

4055
Ich Bin das Göttliche an sich
im Höhwärts-Fluten

Der Beständige Bin Ich
in der Verlorenheit der Zeit

Im Bewusstsein der Verwegenheit der Sonnen
lass Ich Liebe durch die Allnacht fliessen

Die Geschichte Meines Wirkens ist
dem Universum eingeprägt

Mein Bewusstsein überwindet leichthin
die Distanz der Lichtzeit in den Sphären

Von Stern zu Stern hüpft Mein Befinden
in des Augenblicks Elan

Dann wirke Ich im Sonnkreis
das Gedeihen der Planeten

4056
Siehst du, wie der Weihnachtsengel
seinen Lichthauch um dich breitet

Ein Meer von Kerzen strahlt dir
Friedenswünsche von den Höhen zu

Das Licht in deinem Herzen ist der
Sphärenwelt ein reines Liebesmal

4057
Ich lasse Glöcklein der Holdseligkeit
in Winternächten für dich läuten

Den Weihnachtsfrieden breit Ich über Wald und Fluren
dich zu trösten in des Daseins Weh

Vom Bienensummen in der Christnacht
will Ich dir erzählen

4058
Vom Thron der Weisheit send Ich
Licht und Liebe in die Erdensphären

Ich Bin die Gottesliebe
im Verströmen

Ich bade dich im mütterlichen Strom
des Weihnachtsfriedens

Einen Chor von Engeln lass Ich jubelnd
über deinem Scheitel schweben

Die Geburt des Christuskindes
ist von Mir ein reines Liebeszeichen

Deines Herzens Flehn sei
ein unendliches Gebet

Ich überspanne deine Erde
mit dem Bogen singender Glückseligkeit

Der Duft beseligenden Friedens

4059
Ich ehre deinen Schmerz
indem Ich deiner Seele Edelmut gewähre

Worauf Ich ziele ist
dein Herz mit Sonnenreine zu versehn

O selig, wer sich Meiner Lauterkeit ergibt
zu ewigem Genügen

4060
Ins Sein gebettet atmest du
den Duft beseligenden Friedens

Des Freiseins Hochgefühl
begleitet dich durch Raum und Zeiten

Der Glanz des Paradieses spiegelt sich in deines
Lächelns auserlesner Schöne

Dein Dasein fliesst in unerschütterlicher
Harmonie dahin

4061
Einkehr ist Heimkehr
zur Gottseligkeit

Wir sind uns immer wesensnäher
als wir füglich meinen

Ich zeige dir zur wahren Innigkeit
den Lebensweg

In makelloser Freude dürfen wir
dem Bad der Läuterung entsteigen

Die Herrlichkeit der Schöpfung flutet
freudevoll in deinen Tag

4062
Ich enthebe Mich der Hülle und
gewahre Mich, beglückt, im strahlenden Azur

Komm, liebes Du, zum Götterglanz erhoben wollen wir
die Hochgefühle unsrer Seelen tauschen

Wir spenden uns das Sakrament des Glücks indem wir
lautre Liebe uns verströmen

4063
Ich erkenne Mich im Vater
Herz in Herz, in seligem Vereinen

Von hier verströmt sich das Arom der Güte in die
Weltenräume, des Menschenseins
Mysterium zu nähren

Hier darf Ich, völlig losgelöst,
die Seligkeit des Seins erfahren

4064
Harmonie und Eintracht seh Ich glänzen
zwischen uns im Seelentag

An welchem Fädchen möchtest du
das Untier von den Toren deines Selbstbewusstseins
in die karge Wüste führen

4065
Den Glanz der Freiheit zieh Ich ein
in vollen Zügen

Durch's Sonnentor ins Sein geschritten
leg Ich Meinen Willen auf den Geistaltar

Ich habe Mich gefunden
wo Ich in den Sternenwelten ruh

4066
Was dein Bewusstsein ist lässt sich
von Zeit und Raum nicht fangen

Ich Bin der Logos jedes
neu geschaffenen Systems

Die Sonnenkraft Bin Ich
zu myriadenlangem Gleissen

4069
Siehst du das Röselein das Ich
zum Morgengruss in deine Hände lege?

Den Tag der Lebensfreude will Ich
mit dir teilen

Ich umhülle was du Bist
mit Heiterkeit und Frieden

4071
Sonnen sind es, die den Glanz der Schöpferherrlichkeit
in sich ertragen

Im Reich der Sterne bist du
den Göttern innig nah

Ich finde Ruhe
im Erhabensein der Himmelswelten

Wir suchen das Herz der Welt
indem wir zu den Sternen streben

So klar ist alles, wie die Sonne im Azur
wenn Ich Mein Schauen in die Geistwelt hebe

Jetzt Bin Ich
in der Ungeduld der Zeit

4075
Die Sterne gleiten sanft
durch Meine Gegenwart dahin

Was gereift ist wird gepflückt,
dass nur die Taten noch verbleiben

Lang ist Mein Atem
in der Langmut der Äonen

Der Gerechte neigte sich der Erde zu
das Unrecht aufzulösen

Ich bleibe stumm, wenn sie sich grämen
und halte doch die Schwingen schützend über sie

4076
Meine Nähe füllt dein Dasein mit
erschütterndem Erfahren

Ich geleite dich ins Freudenland
geliebte Seele

Die Bitte deines Herzens widerhallt in Meinem
hell und klar

Von Ungenannt versend Ich
Ströme des Gedeihens in dein Leben

Erlaube Mir, das Liebeslied zu sein
auf deiner Lippen zarter Schöne

Vergessen ist das Weh, wenn du in Meines Wesens
Helle tauchst im seligen Umfangen

4080
Den Traum der Liebe mach Ich wahr
in reinen Seligkeiten

Du schwimmst im Glück der heitern Stunde
die du zur Freundin auserwählt

An deinem Sein hab Ich
in Ewigkeit Mein Wohlgefallen

Ich grüsse dich zum Sonnentag
in herzlichem Begegnen

4081
Schon mit dem ersten Rosenschimmer
mach Ich deinen Morgen schön

Den Strahl der Sonne lass Ich dir
in Herz und Wangen fahren

Die reinste Zartheit ist's
mit der Ich deine Gegenwart berühr

4082
Eine feine Weise zum Erwachen
spiel Ich dir

Ich führe deinen Sinn zur Heiterkeit
im Weben der Natur

Deine Seele soll sich an der Lust zum Dasein
wunderbar erlaben

4083
Ich verleih dir Heldenmut
am Saum des neuen Jahres

Dein Schreiten ist mit Tapferkeit erfüllt
zum Sieg in deines Wirkens Elegie

Versprich Mir deine Flügel
Meiner Lauterkeit zu weihen

Ich schütze dich in deinen
hingegebnen Taten

In Meinem Sonnensein lass die
Gespensterfurcht von dannen fahren

4084
Ich führe dich zur Lebensweisheit
seinserfahren

Sowie du Mich erkennst gestalten sich die Lebensdinge
dir zum Heil im Wunderbaren

Ich pflüge deinen Acker
für den Samen deiner Liebestaten

Dem Vorbild, das Ich Bin, gemäss
wirst du die Siegesfackel heimwärts tragen

Ich verwandle was du Bist
in gleissendes Verströmen

Deine Sorgen sind wie Spreu verweht
spürst du den Goldwind in den Haaren?

4085
Das Mal der Freiheit richt Ich vor dir auf
der Zukunft heimzuleuchten

Ich wappne dich mit Zuversicht
zu unerhörten Taten

Mein Geist schwebt über Wassern deiner Endlichkeit
dich in die Sphärenwelt zu führen

Die Ruh verleih Ich dir mit der du Berge
in die Schranken weisest im beherzten Schreiten

Ich mache dir das Opfer süss
noch ehe du den bittern Kelch getrunken

Die Lust zur Siegesfreude ist mit Flammenschrift auf
deine Stirn geschrieben

4086
In Meiner Kraft trittst du dem Schicksal in den Nacken
mit geballtem Stoss

Die Fesseln sprengst du in der neu
erwachten Würde deines Da-Seins

Du spürst Titanenkraft, die Erde mit dem Zelt der
Menschlichkeit zu überschlagen

Ich gelobe dir, dein Handeln für die Menschheit mit
dem Siegel des Erfolgs zu krönen

Ich Bin dein Schimmel, wenn du siegreich über Furcht
und Tadel durch die Lande fliegst

Ich leg das Alfabeth der Stärke um dein Haupt
der Welt den Frieden zu bereiten

4087
Sonnenfreundlich lass Ich aus der Kammer deines
Herzens Liebefeuer strahlen

Vom Thron der Weisheit weiss Ich deine Tat mit
Edelmut und Überzeugungskraft zu tränken

Der Unsinn zittert vor der Wucht
die Ich dir zur Besonnenheit verleih

Du bist von Mir gesegnet
in der Fülle rein gesetzter Taten

Du lächelst, wenn Ich dir die Feinde der
Gottseligkeit zu Füssen lege

Nun bist du Meines Namens
bis zuinnerst froh

4088
Und bist du krank und elend bett Ich dich
in Meiner Sorge sänftigendes Vlies

Ich trockne dir die Seelentränen im
herzinnigen Begreifen

Du leidest an dir selbst bis dir die Rosen
makellosen Weiseseins entgegenleuchten

4089
Ich bewahre dich davor
in die Verzweiflung zu versinken

Mein Ruf trifft -wie Geläut
von Kirchenglocken- deine Herzmoral

Meine Weisheit führt dich aus der Wirrnis deiner Tage
in den Klang der Freudenmelodie

4090
Ich Bin es, dir die
Kraft des Himmels zu vergeben

Der Seligkeiten eine ist
Mein Melodienstrahl

Die Feuerrosen lass Ich blühn
in deinem Garten

Von Horizont zu Horizont zieh Ich
des Morgenlichtes Flammenmal

Im Bau der Welt hab Ich
den Akt der Meisterschaft vollzogen

Du bist Mich selbst. Nie war das Werk
vom Schöpfer unterschieden

4091
Dein Licht verblasst, wo nur *ein* Schimmer
Meiner Strahlkraft sich erhebt

Ich habe Mich als Liebespfand
in deines Herzens Schrein gegeben

Der Born der Seligkeit Bin Ich
mit der Ich Mich in dir durchströme

Noch vor dem Morgenrot hab Ich dein Herz
zur Gottesschau erhoben

Was die Himmel sich erzählen
klingt wie Harfenklang an deines Lauschens Ohr

Ins Sein erwacht gewahrst du Meines Atems
sonnenlichtes Wehn

4092
Wach auf Mein Herz
die Silberglöcklein klingen

Von Meinem Hiersein schiesst die Freude in
den Seelenraum, dich innig zu beglücken

Ich löse dich vom Rad der Zeit und lass dein Herzblut
Unvergänglichkeiten trinken

4093
Indem Ich machtvoll dich behüte
schreitest du in deiner Seelenwelt bewusst voran

Ich setze Funken
der Glückseligkeit an deine Pfade

Deine Augen seh Ich leuchten
wenn du Meines Wesens Glorie berührst

4094
Ich hab dir
Götterglanz ums Haupt gewunden

Der Stern der Weisheit
sei dein Diadem

Ich umhülle dich mit Sonnenglanz
in deinem Schreiten

4095
Ich Bin dein Ein-und-Alles im Bereich
der lichterfüllten Sphären

Dein Langen mündet ins gelassene
Erlöstsein von den Lebensnöten

Ich bedenke dich mit Liebe
liebevoll ins Herz gelegt

Der Geisteswind enthüllt sich
vehement vor deinem Schlafen

Du bist in deiner Herzenskammer
vor dem Götterantlitz wunderschön

4097
Aus dem Paradies bringt dir die Taube
einen Blütenzweig entgegen

Das Schiff der guten Hoffnung
trägt dich unbemerkt in Ziel

Du trägst den Schlüssel zu dir selbst
in deines Herzens heil'gem Gral

4098
Ich Bin der Nordstern dich auf Kurs zu halten
über's Lebensmeer

Alles in allem
Mein Sein

Ein Engel ist dir nah
wie du dir nahe bist im Selbstgewahren

4099
Ich Bin der Lebensmut
in deinem Nach-Mir-Langen

Die Stille des Gemüts Bin Ich
im ärgsten Stürmen

Ich lenke deine Wege
wenn du Mich auch nicht gewahrst

Dein Mantel Bin ich in des Seins
Umhüllen, hell und wunderbar

4100
Wo du auch weilst
Ich wehe dir den Odem
reiner Wonne ins Gemüt

Ich entfache deine Herzlichkeit zum
Feuer der Versöhnung

Hältst du hier inne
Mich zu hören?

Ludwig Weibel, geboren 1933
Lebt in CH-9200 Gossau/St.Gallen
Fernmeldetechniker HTL
Schriftstellerische Berufung zur
"Philosophie des Seins" für vife Geister.
Homepage: www.das-sein.ch